特選ペニー・ジョーダン

伯爵夫人の条件

ハーレクイン・マスターピース

東京・ロンドン・トロント・パリ・ニューヨーク・アムステルダム
ハンブルク・ストックホルム・ミラノ・シドニー・マドリッド・ワルシャワ
ブダペスト・リオデジャネイロ・ルクセンブルク・フリブール・ムンバイ

EXPECTING THE PLAYBOY'S HEIR

by Penny Jordan

Published by Harlequin Japan, a Division of K.K. HarperCollins Japan, 2024

ペニー・ジョーダン

1946年にイギリスのランカシャーに生まれ、10代で引っ越したチェシャーに生涯暮らした。学校を卒業して銀行に勤めていた頃に夫からタイプライターを贈られ、執筆をスタート。以前から大ファンだったハーレクインに原稿を送ったところ、1作目にして編集者の目に留まり、デビューが決まったという天性の作家だった。2011年12月、がんのため65歳の若さで生涯を閉じる。晩年は病にあっても果敢に執筆を続け、同年10月に書き上げた『純愛の城』が遺作となった。

主要登場人物

ジュリア・フェローズ……………イベント企画会社プレタ・パーティの社員。
ルーシー・ブレイン………………ジュリアの親友。プレタ・パーティの経営者。
ニック………………………………ルーシーの夫。
サイラス・カボット・カーター…ジュリアの遠縁。美術財団会長。
ナンシー……………………………サイラスの母親。
エイミー・デトロワ………………富豪の娘。
ドーランド・チェスターフィールド……雑誌の編集長。

1

唇が蝶《ちょう》の羽のように軽く、それも、はるかに官能的な感触でジュリアの首筋をかすめた。このちょっとした親密感を高めるように彼女の肩に手をのせて、男性が耳元にささやきかける。

「すぐに戻る。どこへも行くんじゃない」

ジュリアは動かなかった。顔を向けて彼を見ることさえしなかった。いいえ、動けないのだ。内心おののきながらジュリアは気づいた。

イベント企画会社プレタ・パーティの社員という立場でなければよかったのにと思うことがたまにあるが、今がまさにそんなときだった。

名士と称する人たちの誰もが、ここマジョルカ島に集い、今夜はこの休暇用高級別荘《ヴィラ》の敷地に押し寄せている。現在ヴィラを借りているのは、目下ハリウッドで随一の人気を誇るスーパースターのカップルだ。

この特別な〝お祭り騒ぎ〟は、表向きはカップルの結婚一周年を祝ってのもので、イベントのスポンサーになっている雑誌『Aリスト・ライフ』は、すでに二人を〝ハリウッドのロイヤルカップル〟と書きたてている。

カップルが選《え》りすぐった名のある〝友人たち〟が二人を〝祝福〟している傍らで、ドーランド・チェスターフィールドが、幸せな二人にインタビューしているところだった。ドーランドは、『Aリスト・ライフ』誌の異彩を放つ創刊者にして編集長で、客のなかには、彼が雇ったカメラマンも何人かまぎれこんでいる。

皮肉っぽくなりすぎよ。ジュリアは内心、自分を戒めた。友人であり、プレタ・パーティ社の経営者でもあるルーシーは、このイベントを依頼されて大いに興奮していた。もちろん、その理由はジュリアにもわかっている。

ドーランドは大金持ちで、有名人がらみの社交的なイベントに関して、絶大な影響力を持っている人物だ。ルーシーの夫ニックが評したように、ドーランドの雑誌が後援するどんなイベントでも、そのスタッフとして雇われるということは、事実上、紙幣を乱発するライセンスをもらったも同然なのだ。この夏の終わりには、華麗な有名人のお祭り騒ぎがドーランド本人によってスペインのマルベーリャで主催されるが、その企画を特別に指名されて担当することになったとあらば、なおのこと。

ニックがドーランドについて言った悪口を思い出して、ジュリアは額にしわを寄せた。

〝あの男は、でぶで能なしのスター好き野郎だ。まあ、あいつが男だとしての話だが〟初めてドーランドが接触してきたとき、ニックはばかにしたように言い放った。

〝そんなの嘘《うそ》だし、フェアじゃないわ、ニック〟ジュリアは即座にドーランドの肩を持った。

なるほど、ドーランドはいくぶん太りすぎているし、彼が突如社交界に躍り出てきたのもたしかだ。自分の雑誌を創刊する前に性転換手術を受けたという噂《うわさ》や、彼の性的関心についての、同じく根も葉もないゴシップや憶測が流れたこともあった。しかし性的関心がどうあれ、ドーランドは女心をとりこにし、有名人の傷つきやすい自尊心をくすぐるこつを心得ている。手の届かない高みにいるスターにさえ、彼の前では警戒心を解いてもいいと思わせてしまうほどだ。

ニックがドーランドを嫌い軽蔑《けいべつ》しているのは、そのふりをしているだけで、本当は彼の富と成功の両方を内心妬《ねた》んでいるのではないかとジュリアは推測している。

　ドーランドから依頼されたマジョルカ島とマルベーリャでの豪華なイベントの企画演出に頭を痛めたのは、ニックではなく、ジュリアだった。正気の人間なら、知り合いになりたいとも思わないような、巨大なプライドの持ち主たちへの対応も含めて。ジュリアが実質的に骨の折れる部分にとり組んでいるあいだ、ニックは抜け目なく、新規取引先の開拓や顧客の掘り起こしに出かけてしまった。その彼が今日ここに来ているとは。

　急に苦痛と罪悪感がジュリアを襲い、胸がきゅっとなった。

　公言はしていないが、ジュリアは一時期ニックと恋人同士になることを夢見ていた。だが、ルーシーにニックを紹介してすぐに、彼はジュリアからルーシーに乗り換え、結婚してしまった。当然ながら、ジュリアは本心をひた隠しにしてきた。自分の胸は張り裂けていない。そう言い聞かせて。たとえ修復不能に思えるくらい心が傷ついていたとしても、自分自身の問題なのだから。

　ところが最近、ニックが不平を言うようになってきた。僕たちの結婚生活は暗礁に乗りあげている、僕は間違っていたのかもしれない、と。ルーシーも、夫や結婚生活に忠実ではあっても、不幸せそうな表情を見せることがある。

　対処すべき事柄がもう残っていないか、ジュリアはくまなく目を配って確認し、それからインタビューの進展具合を見てこようとヴィラのなかに入りかけた。そのとき、背後から近づいてきたニックが、彼女のむきだしの肩にまた手をかけ、軽く日焼けしたなめらかな肌をゆったりと愛撫《あいぶ》した。

「だめよ、ニック」ジュリアは止めようとした。

「だめって、何が？　愛撫をやめたらだめってことかい？　きみもぼくと同じくらい欲しがっているのはわかっているさ」

「そんなの嘘よ」ジュリアは猛然と否定した。「ともかく、あなたはルーシーと結婚しているのよ」

「僕たちの関係がどんなによかったか、忘れたのかい？　何をためらっているんだ？　僕たち二人とも求めあっているというのに、なんでお互いに楽しんじゃいけない？　あとできみの部屋に行くよ。誰にも言う必要はない」

「だめ！　わたしたちの関係はとっくに終わったのよ、ニック。本気なんだから。私の気持ちは変わらないわ」

「ああ、そうだろうとも」

ニックが身をかがめてきた。彼にキスされる。ジュリアは恐怖とやましさにかられた。この前キスされたのは、南国の豪華なホテルの月の輝く庭でだった。そこで彼と出会い、やがて二人は恋人同士になるとジュリアは決めてかかった。しかし、休暇の終わりにニックの恋人になっていたのはルーシーで、やがて妻にもなった。彼女はジュリアの親友で、友情を裏切るわけにはいかない。

ジュリアはどうにかニックから身を振りほどいたが、数歩も行かないうちに、またしても頑丈な手に腕をつかまれた。

「やめて、ニック。本気なの」ジュリアは振り向きもせず、鋭い調子で言った。

「そうかな？　間違いなく、彼のほうはそう思っていなかったようだが。僕もそうだ」

「サイラス！」ジュリアはぎょっとして、腕をつかんでいる男性を振り返った。「どこまで――」言いかけた言葉は、無慈悲なまでに効果的にさえぎられた。

「どこまで僕が立ち聞きしたか？　そっくり聞いたよ」サイラスは簡潔に言った。「で、どれだけ前から続いているんだ？」

「何も続いてないわ！」

ジュリアに向けたサイラスの顔は不信感もあらわだった。冷ややかな青い目も、あざ笑うように引き結んだ唇も。怒りと反感の入りまじったおなじみの感情が、ジュリアの胸に突きあげてきた。

「本当よ。私のほうがルーシーより先にニックに出会ったの。彼が言った関係というのはそのことよ。どうせあなたには関係ないけど」

「彼は明らかに、きみがその関係を再燃させたがっていると思いこんでいる」

「ニックの誤解よ。私は思ってないわ」

そんなふうにサイラスに思われて、ジュリアの怒りはつのる一方だった。実際、二人が仲のよかったためしはない。ジュリアは祖父のためにサイラスに我慢しているにすぎないのだ。ジュリアの大叔父を通じて男系の血を引いているせいで、いつかはサイラスが彼女の祖父の爵位と広大な領地アンバリーを相続することになっているから。

自分だったら、このアメリカ人のよそ者を、祖父みたいに温かく迎え入れられたかどうか、怪しいものだ。でもそれを言えば、自分は祖父の楽観的な人生観を受け継いでいるわけではない。

「でも、きみは彼を求めている」

「まさか！　ニックはルーシーと結婚しているのよ。それに彼女は私の大親友なんだから」

「わかっているさ。だけど、本当にルーシーの結婚生活を守りたいのなら、きみは簡単に口説き落とせる相手じゃないということを彼が知っているかどうか、確認しておくべきだと思うね」

もううんざり。「どうやって？」ジュリアは腹立たしげに尋ねた。

サイラスは肩をすくめた。それは、かなり背が高く、かなり筋肉質の、かなり男性的な男にしかできない身ごなしだった。

「必要なことはなんでもするのさ。仕事を辞めるとか――」

「辞めないわ」ジュリアはいらだたしげに口をはさんだ。「ルーシーは、もうひとりの社員のカーリーに辞められてしまったんですもの、なおさらよ。カーリーはリカルドと結婚して妊娠しているの。私まで辞めてしまうわけにはいかないわ」

「だったら、きみが容易にニック・ブレインのものにはならない女性だってことを、はっきりわからせてやるしかない」

「もう言ったわよ」

「だけど、彼の目にも明らかなように、きみは独身だ。もしもほかに恋人がいれば……」

「いないわ」

「だから見つけるのさ。ニック・ブレインを撤退させるまで、その役割に甘んじてくれる男を」

「まあ！　たとえば？」

「僕とか」

「なんですって？」ジュリアは猛烈な勢いで首を振った。「まさか。ありえないわ！　だって、あなたと私が犬猿の仲なのは誰もが知っているもの」

「きみはルーシーの結婚生活を守りたいんじゃないのか？」

「ええ、そうよ。でも、あなたに生《い》け贄《にえ》として自分をさしだすなんてお断りよ」

「そうか。きみがその身をさしだすところを想像したら……」

「いったいこれはどういうこと、サイラス？　あなたにとってなんの役に立つの？」ジュリアは鋭く問いかけた。「そもそも、あなたはここで何をしているの？　こういうお祭り騒ぎは嫌いなはずなのに」

「僕がここにいるのは、きみがいるからさ」サイラスはまたしても肩をすくめた。

ジャケットに隠された力強い肩の動きに、信じがたくも、そして不本意にも、その男性的な肩がむきだしになっているイメージがジュリアの脳裏に浮かびあがった。むきだしの肩を朝日にきらめかせ、その持ち主が、同じくあらわになった男性的な体を彼女自身の上にかがめているイメージが。

サイラスの裸身？

そういう想像は法律上、いえ、道徳的にもタブーとはされていないはず。でも、私がサイラスについて常日ごろ考えるようなことでは絶対にない。

「まあ、もちろんそうでしょうとも」思いがけず浮かんだ官能的なイメージをあわてて消しながら、ジュリアは皮肉っぽく応じた。

それでも、彼がここへ来た本当の理由をきこうとしたとき、サイラスに先を越された。「こんな暑さだ、きみも帽子をかぶるべきだよ。顔が赤くなりかけている」

たしかに、かぶるべきかもしれない。けれど顔がほてるのは、日差しのせいではない。ジュリアは内心認めた。

サイラスと一緒にいて厄介なのはそこだ。彼は、ジュリアの胸を警戒心から生じる嫌悪や疑念でいっぱいにしてしまうのに、その一方で、どうしようもなく彼を男性として意識させてしまう。それもただの男性としてではなく、危険なほどセクシーな男性として。

「本当のところ、あなたの望みはなんなの？」

「ひとつには、きみのおじいさんの心の平安と、彼がこれまでどおり健康でいることを望んでいる。もし愛する孫娘が忌まわしい男女の三角関係に巻きこまれ、それが新聞種になってしまったら、老伯爵は気が動転してしまうだろう。それはきみもわかっているはずだ。それともうひとつ……。そうだな、僕も目下、きみとロマンティックな関係に巻きこまれていることを大っぴらにしてしまうほうが都合がいい、とだけ言っておこう」

億万長者の跡取り娘、エイミー・デトロワが原因で僕がこうむっている問題をジュリアに話したところで、なんにもならない。結局、ジュリアが知る必要のないことだから。それに、エイミー自身にとっても……。求めてもいないのに、彼女は僕の私生活に立ち入った関心を持ちつづけているが、僕とジュリアはカップルだと気づいてもらうことで、エイミーに時間を浪費しているだけだというはっきりしたメッセージが伝わるはずだ。

それは僕のもくろんでいることの唯一の理由でもなく、もっとも重要な理由ですらないのだが。

「その、少なくとも、あなたはこれまで私を求めていると言ったことはなかったわ」

「言ってほしいのかい？」

口先だけ？　それとも本気で？　ジュリアは心臓が飛びはねた気がした。

「その価値はあるかもしれないわ。あなたのはったりを見抜く楽しみのためだけにでも」

「ブレインがきみに言ったように？」サイラスは挑発した。

「私が彼に言ったことは本心よ」ジュリアは怒りにかられた。

「じゃあ、証明してくれ」

「なんだろうと、あなたに証明する必要はないわ」

「たぶん、僕にはね」サイラスは、例によって彼女をかっとさせずにはおかない揶揄《やゆ》するような調子で言った。「でも、ルーシーに対しては証明することがあると思うけどね。ブレインがきみの首にキスしていたとき、彼女は僕の隣にいたんだから」

そのとたん、ジュリアは不安そうにサイラスの肩越しに目をやった。ルーシーはドーランドと何やら話をしている。

「ルーシーも彼のしたことを見たの？」たちまち、友達を気づかう気持ちが頭をもたげた。

「ああ」

ルーシー、私の永遠の友人。いつも苦心して心のもろさ、傷つきやすさを隠そうとしているルーシー。自分の夫が、大親友とともに裏切り行為を働いていると思ったら、彼女は悲嘆に暮れ、二度と立ち直れなくなるだろう。絶対にそんなことがあってはならない。たとえ、そのために私自身を一時的に犠牲にしなければならないとしても。

「わかったわ。やるしかないわね」ジュリアは性急に言った。それで親友の結婚生活を守れるなら、やる価値はある。それに、私自身のやましさもやわらぐかもしれない。

2

「やあ！　ここにいたのか！」

恋人らしからぬ表情がうっかり顔に出ませんように、とジュリアは願った。加えて、サイラスが現れたせいで感じている居心地の悪い表情も。サイラスがかすれた声で彼女にかけた温かみのある挨拶《あいさつ》は、なぜか恋人らしい言葉をかけてきたような官能的な親密感をかもしだした。それは彼女の肩を包みこんだサイラスの腕の重みとともに、ますますジュリアを落ち着かなくさせた。

「僕が恋しかった？」

ジュリアの目、続いて口元に焦点を合わせたまなざし。そして、男性的な手を軽くジュリアの髪にくぐらせるしぐさ。まったく、アカデミー賞ものの演技だ。サイラスは俳優になるべきだった。私でさえだまされそうなくらいだもの。

でも、ルーシーかドーランドにこれは演技だと見透かされやしないかしら。ジュリアは危惧《きぐ》したが、二人の興奮しきったうれしい驚きの表情を見るかぎり、サイラスが見せかけたかった以上のことにはどちらも気づいていない様子だ。

「ジュリア！」ルーシーが甲高い声をあげた。「どうして話してくれなかったの？」

ドーランドのほうは、汗を浮かべた丸い顔をハンカチで拭《ふ》きながら、うれしそうに言った。「これはこれは。ひょっとして、よだれの出るゴシップのごちそうになりそうな気配じゃないか。莫大《ばくだい》な富に爵位。しかも、きみたちは親戚《しんせき》同士だ。これ以上言うことはない完璧《かんぺき》な組み合わせだな」

「ドーランド……」ジュリアは不安そうに警告しかけたが、サイラスに先を越された。

「僕たちはつきあってまだ日が浅いんだ。そうだよね？」

「まだ大っぴらにしないでおこうと言ったのに。忘れたわけじゃないでしょう」ジュリアは無理やり顔つきをなごませ、感じてもいない優しさを声にこめた。熱烈というよりは非難がましい、彼女ならではの表情で、サイラスの視線に応《こた》える。

「大っぴらにしているとは気づかなかった」サイラスは言い返し、ルーシーを笑わせた。

「あなたがジュリアを見る目が、すべてを語っているわよ、サイラス。もしも男性が目で〝愛している、ベッドで愛しあおう〟と言えるものなら、あなたの目はまさにそれだわ」

「ああ、久しぶりなんでね」サイラスは恥ずかしげもなくルーシーに答えた。

ジュリアは二人だけになれる場が切実に欲しかっ

た。サイラスは新しい役割を熱心に演じているけれど、それを私がどう思っているか、はっきり言ってやれるのに。

「きみは、運営している財団から少し休暇をとったらどうかな。そのあいだジュリアと一緒に過ごすことにして」ドーランドが口をはさんだ。

ジュリアは勝ち誇ったようにサイラスに顔を向け、彼の答えを待った。サイラスが休むものですか。自分がついた嘘《うそ》の罠《わな》に自らはまってしまうなんて、いい気味だ。

「まさにそうするつもりだったんだ。今後は、ジュリアの行く先々で僕も一緒にいることになる」

「冗談でしょう」ジュリアは気が動転した。「私は働いているのよ」

「もちろん。でも、一日二十四時間働いているわけじゃない。きみの手があいているあいだは……」

「サイラス、年末までは私から彼女をとりあげないでね」ルーシーが懇願した。「彼女抜きではこなせないほど仕事を受けているのよ。ドーランドからも、彼が盛大に行う夏のパーティを手がけてくれって頼まれているんですもの」

「いいとも、年末までは。だけど、今も言ったとおり、ジュリアの行くところにはいつも僕が一緒だからね。彼女の空き時間は僕が使わせてもらう」

ルーシーは吹きだした。「サイラス、あなた、恋しているのね。パーティとか大きなイベントは嫌いなんだと思っていたもの」

「たしかに。でも、そういうものを毛嫌いする以上に、ジュリアを愛してるってことかな」

ジュリアはもううんざりだった。うんざりどころではない。

「ダーリン、あなたにそんな犠牲を払わせるわけにはいかないわ。もちろん、そこまでしてもらわなくていいわよ。ぶらぶらしながら私を待ってるなんて、死ぬほど退屈ですもの。それに、この先ずっと一緒の人生を送るわけだし」

「いいや、僕はもう決めているんだから。ルーシーさえ反対でなければ、僕はきみと一緒にいるよ」

「もちろん、反対するわけないわ」ルーシーはサイラスに請けあった。

「シルヴァーウッド夫妻の銀婚式と息子さんの成人式とを合わせた祝賀パーティも、あなたが手がけることになっていたわよね、ジュリア？　大きなイベントになることはわかっているわ」ルーシーは一瞬ためらい、それから思いきって言った。「ニックが言ってたんだけど、このイベントで彼の手を借りたいようなことを、あなたがそれとなくにおわせていたって――」

「まさか！　いえ、その、彼に手伝ってもらわなくても大丈夫よ」ジュリアはそんなことは頼んでいなかったが、ニックが嘘をついたのだとはとても言えなかった。「きっと彼は私の言ったことを誤解したんだわ」

ルーシーはほっとしたらしく、ほほ笑んだ。だがサイラスはほほ笑んでいないことにジュリアは気づいた。

「僕が主催するこの夏最後のイベントも、忘れないでくれ」ドーランドが口をはさむ。

「ええ、それもあなたの担当よ、ジュリア」ルーシーが言った。「ドバイでシークが主催する断食明け《ラマダン》のパーティもあなたにお願いしたいから、イギリスをベースにしたこぢんまりとしたものは、すべて私が引き受けるわ」

「わかったわ」ジュリアは答えた。自分の声も、それに顔も、自分が感じているようにこわばっているのではないかと不安に思いつつ。「さあ、そろそろビュッフェのサービスを始める時間よ。乾杯用のシャンパンと花火の準備ができているかどうか、確かめてこなければ。そういうわけだから、失礼……」

　ジュリアはくるっと向きを変えて行こうとした。ところが、サイラスが彼女の手をとり、見かけ上恋人が握っているような具合に指をからませて、囚人のごとく効果的に彼女を束縛した。

「サイラス」ジュリアは歯噛《が》みしながら言いかけたが、あとが続かなくなった。握った手をサイラスが口元に持ちあげ、彼女の指を開いてゆっくりと官能的に唇を押しつけてきたのだ。

　ジュリアがようやく自由になったときには、まるで極上のシャンパンをひと瓶空けたかのように体がふらついていた。それでも彼女は、突っ立ったままサイラスをぼうっと見つめるようなまねはしなかった。

　ドーランドが雇ったカメラマンたちは、雑誌の愛読者が熱心に見たがる写真を撮ろうと、相変わらず有名人を追いかけている。ほかにも広報担当や、メイクアップ・アーティスト、各人のトレーナーに衣装係、そして星占い師……。そうした各自の側近を引きつれずに来るスーパースターなど、ひとりもいないのだ。

「ありがたいことに、ティファニー側も折れて、マルティナが胸に飾りたがっていたダイヤのネックレスを貸してくれたよ」

　ドーランドの声に、ジュリアはわれに返った。

「あなたの尽力のおかげね」

「連中にも言ってやったんだ」ドーランドがうれしそうにうなずく。「もし断りでもしたら、とてつもない宣伝チャンスを失うことになるとね」

「たぶん連中は、数百万ドルの値打ちのあるダイヤのネックレスを紛失する可能性のほうを、もっと気にしているんだろう」サイラスがそっけない口調で指摘した。「なんといっても、借りているだけの高価な宝石を〝なくしてしまった〟スターは、ひとりや二人じゃないだろうから」

「サイラス、きみも言うことがきついな」ドーランドはわざとらしく口をとがらせた。「で、ジュリアにはどういう指輪を贈るつもりだ？　ぴかぴか光る新品か、それとも先祖伝来の家宝か？　なんでもきみは、きみたちの高祖父が賭事《かけごと》で失った家宝の跡をたどって、あらかた回収したというじゃないか。小さな国の国家的負債額に匹敵するぐらいの金を支払ったそうだな」

「僕たちの高祖母が婚約時に贈られたサファイヤとダイヤのセットは、相当な歴史的値打ちのあるものだ。それをとり戻すのは、大いに価値のあることだからね」

　ジュリアは驚きの目をみはった。「全部とり戻したの？」

　その宝石類は、さるインドのマハラジャが花嫁に贈ったもので、マハラジャは彼女と情熱的な恋に落ちたという噂《うわさ》だった。彼女の祖父がその話をしたときに見せてくれた一族の古文書には、贈り物の一覧が記してあって、ネックレスやイヤリング、ブレスレット、ティアラばかりでなく、それらに映える、宝石をちりばめた櫛《くし》やブラシが、香水の瓶や宝石をはめこんだ宝石箱とともに含まれていたという。そのなかのネックレスひとつをとっても、色といい、形といい、比類のないサファイヤが七粒もはめこまれているという逸品だった。

「ああ、全部だよ」サイラスは認めた。「ジュリア、きみも運のいい女性だ。きみ専用の億万長者か。なんて愉快なんだ！」

　愉快？　サイラスが？　ジュリアは驚いた。支配的で危険なほど重量級の男っぽさを漂わせているこの男性を、〝愉快〟という軽量級にふさわしい言葉と結びつけるなんて、絶対に考えられない。

　でも、ベッドではどうなのかしら？

好奇心から、そのちょっとした刺激的な疑問が不用意にも彼女の頭をよぎった。

「私、もう行くわ。広報担当の人たちと打ち合わせがあるの」ジュリアは小さな嘘をつき、意気地なしにもその場を逃げだした。

　別荘《ヴィラ》は海を見下ろす小高い丘の上に位置していた。ローマ時代のヴィラに似せて中庭をとり囲むように造られ、大理石の列柱が並び、一段低い場所にはプールもある。

　計画どおりに運べば、この祝福されているカップルは、ヴィラの外の海に面したテラスに立って、愛の誓いをあらためて交わすことになっている。日が沈むころ、ヴィラの内部や中庭の奥に準備された百一本のキャンドルに明かりがともされる予定だ。

　ジュリアは、サイラスにキスされた手のひらがいまだにうずくのを感じた。キスした？　いいえ、とてもそんなものではなかった。彼の舌が肌に円を描くようにして熱くエロティックな喜びを巻き起こしたことを思い出し、ジュリアは憤慨しながら自分自身をたしなめた。

　あの熟練した技巧は、サイラスがすばらしい恋人になることをほのめかしている。でも彼は官能に満ちた情熱の世界にのめりこんでくるかしら？　欲望をかきたてた相手に自分を与えてくれる？　彼は……。

　もちろん、そんなことは自分に関係ない。私は男性に対してまつげをぱちぱちさせたり、媚《こ》びたりしないもの。サイラスがアンバリーに伴ってきた娘たちが彼に媚びていたのは知っているけれど。

　当時ジュリアはまだ高校生で、サイラスが毎夏アンバリーを訪れる時期と、彼女がアンバリーに滞在する時期とが不思議にも重なる事実に憤慨したものだ。それに、自分の家であるアンバリーがいつかはサイラスのものになることも意識していた。

しかし、ジュリアが今心を痛めているのは、アンバリーを失う可能性ではなく、祖父を失う可能性だった。ジュリアの母親は、祖父の再婚相手とのあいだにできた子供で、祖父もすでに七十代になり、一年半前に襲われた重い心臓発作のせいで体が弱っている。

ジュリアにとって祖父はとりわけ大切な、とりわけ愛している身内だった。両親の離婚後、祖父は男親の役割を果たしてくれたし、ジュリアと母に住む家も与えてくれた。

その母も三年前に再婚した。ジュリアは義理の父親が好きだったが、それでも祖父の代わりには絶対になれない。

サイラスは私とつきあっていると見せかけることで都合のいい点があると言ったけれど、具体的にはどういうことかしら？　彼もいつかは結婚しなければならない。アンバリーの跡継ぎを作るために。もちろんサイラスはそれを望んでいるはず。彼はもう三十代だし、つきあっている女性に関係が終わったことを堂々と告げられるタイプの男性だ。

ジュリアと同じく、サイラスも父親を知らずに成長した。しかし、サイラスの両親は離婚したのではなく、彼が生まれてまもないころ、ヨットで航海中に事故で死んだのだった。

彼が父親のいない子供だったとは想像したくもない。ジュリアは床に視線を落とした。そして、無意識に自分の靴をしげしげと眺めているのに気づいて、顔をしかめた。買い物は彼女の弱点で、わけても靴は、魅入られて以来、人生そのものだった。子供のころ母を説き伏せて買ってもらったすてきなダンスシューズは、今も当時の靴箱にしまってある。明日の朝はなんとか時間を見つけて、地元の靴屋に行けるといいけれど。最近人気の新進デザイナーの靴で、その店でしか手に入らないものがあるという。

日が傾きかけてきた。ヴィラの印象的な玄関ポーチの石段に、主役の有名人カップルが姿を現した。妻が夫にしなだれかかり、例のティファニーのネックレスを誇示しつつ頭を後ろにのけぞらせると、そんな妻を夫が称賛のまなざしで見つめている。今日、ジュリアが目撃した二人のイメージとは大違いだ。妻は夫に向かって、彼女のマニキュア係と浮気したことをなじり、金切り声でわめいていた。夫は夫で、自分のことしか頭にないきみが気づいたとは驚きだと、負けずにやり返していた。

トップスター女優マルティナは、美容整形手術、及び厳重に管理された薬の服用によって体形を維持しているという噂だ。今、そのほっそりとしたしなやかな体を夫に寄りかからせ、夫はわが物顔に妻の腰に手を置いている。

隣でルーシーが悲しそうに小さくため息をもらすのが聞こえた。気の毒に、ルーシーは、彼女自身、もしくは彼女に誓った言葉を尊重しない男と結婚してしまったのだ。それはともかく、ニックはどこへ行ったのかしら？

ニックを捜してジュリアは無意識に視線をさまよわせた。そのときふいにサイラスの声がし、飛びあがりそうになった。

「誰か捜しているのかい？」

「え、ええ、もちろん、あなたをね、ダーリン」ジュリアは甘い声で応じた。

日が沈み、カップルがふたたび愛を誓いあっているあいだ、カメラマンたちがさかんにシャッターを切る。暗い地中海を背景に、十本、二十本、百本とキャンドルがともされていく。

サイラスがつぶやいた。「なんたる茶番だ」

「でも、とてもロマンティックで象徴的なことだとされているのよ」ジュリアが不機嫌に指摘する。

「こんな趣向のイベントに、よく保険をかけることができたものだな」サイラスは顔をしかめた。

「保険はニックが対応したから」ジュリアはうわの空だった。「あなたがドーランドとルーシーに言ったことは本気じゃないんでしょう？」

「どの部分？」

「私が行くところにはいつもあなたが一緒だって。だいたい、そんなことをドーランドの前で言うなんて、まずいじゃないの」

「どうして？」

「どうしてですって？」ジュリアは信じられないとばかりに、まじまじと彼を見た。「サイラス、ドーランドは『Aリスト・ライフ』誌の編集主幹なのよ。彼は人がプライベートにしておきたいことでも、平気で書きたててしまうんだから」

「ニック・ブレインときみの関係とか？」

信じられない思いに腹立たしさも加わり、ジュリアは歯ぎしりした。「ニックと私の関係なんて、ないって言ってたでしょう」

「ブレインはそう思っていないみたいだけどな。きみはどっちをとる、ジュリア？ きみと僕がカップルだとドーランドが遠慮がちに公表することか、きみとブレインが彼の妻に内緒で浮気しているとドーランドがそれとなくにおわせることか？」

「どちらもお断りよ。あなたの本当の動機はなんなの？ 私を監視するのに、これから半年間も費やすつもりになっているのは、どうして？ ルーシーが傷つくのを見たくないからとか、浮気は感心しないからといった理由じゃだめよ」

「やっぱり、きみはブレインと浮気していたってわけか？」

ジュリアは音をたてて息を吸いこみ、琥珀《こはく》色の目に怒りをこめて彼をにらみつけた。

「まったく、あなたらしいわ。あなた自身の目的に合わせるように、わざと私の言葉をねじ曲げて解釈するなんて。嘘よ、浮気なんかしてないわ」

「たぶん浮気という表現を使うほどでもないんだろう。きみはかつて彼とベッドをともにした。そしてもう一度同じことをしたがっている。こう言ったほうがいいのかな？」

「よくないわよ。ねえ、サイラス、私は二十六歳よ。十六歳じゃないわ」

「どういう意味だ？」

「私は、セックスに対する幻想なんかとっくに捨てた大人の女性だということよ。十六歳の女の子なら、もしかしたら、まるで異次元に運ばれるような刺激的ですばらしいセックスは本当にあると信じるくらい、甘っちょろくてホルモン過剰かもしれない。求めれば与えてもらえるものだと、まだ思っているのかもしれない。でも二十六歳の女性は現実をわかっているのよ」

「現実？」

「十代のころに夢想するようなセックスは、しょせん夢想にすぎないってこと。想像をたくましくしていた女の子なら、現実はちょっと期待はずれに感じるはずだわ」

「興味深い理論だとは思うが、きみと同世代の大多数は共感しないんじゃないかな」

「あなたは驚くでしょうけど」ジュリアは険悪な表情で言った。「男性とつきあっている三十代の女性で、セックスにもう関心がないと言う人は、最近ますます増えているのよ」

「しかし、ここにいる客の大半が没頭している狂態を見るかぎり、連中はきみの意見に同意しないだろうな」

「大半はアルコールか薬物、あるいはその両方で頭がいかれてるのよ」

「きみにその習癖はないのか？」

「それがどういう影響を及ぼすか、いやというほど見てきたもの。私は食事のときに飲む一杯のワインや、たまにいただくシャンパンが好き。その程度よ。アルコールや薬物のせいで頭がおかしくなったら、仕事がこなせないわ」

頭上で一発目の花火が鮮やかな流星状に輝き、すぐに次から次へと夜空を染めていく。

「ドーランドから聞いたが、きみたちは明日イタリアへ向かうんだって？」

「ええ、ナポリに飛んで、そこから次の仕事先のポジターノへ行くの。同行してくれなくてけっこうよ、サイラス。ルーシーは必ずニックに私たちのことを話すでしょうし、私たちが一緒のところを見たことで、彼女も安心したはずよ。彼女が傷つくなんて思いたくもないわ」

「残念だが、最終的には傷つくんじゃないかな」サイラスは警告した。「ブレインと結婚すれば、それは避けられないさ」

また大音響とともに花火が上がり、不意をつかれたジュリアは本能的にサイラスのほうに一歩近寄った。即座にサイラスが彼女に腕をまわし、ジュリアは思わず顔を向けた。

サイラスが首を傾けて見つめ返してくる。すると、なじみのない、けれど奇妙にも彼女の五感が即座に反応したものがジュリアの感情をがっちりつかみ、彼女は目を見開いた。

「ブレインが僕たちのほうを見ている」

「なんですって？」

混乱したジュリアの頭にサイラスの言葉が浸透するのに数秒かかり、どうして彼がジュリアに腕をまわしたままでいるのかわかるまで、さらにもう数秒かかった。

それに、今は顔を寄せ、同時に彼女の体を自分の体に引き寄せたままでいる理由も。サイラスは彼女を自分に押しつけるようにして、片手を彼女の背中のくぼみに当て、もう片方の手は指を開いて彼女の後頭部を支えた。そしてひんやりとした感触を残しながら、うっとりするような唇を彼女の唇にかすめさせる。

逆らうには誘惑が大きすぎた。サイラスの口は彼女の唇をもっと親密に探索しようとしているところだった。ジュリアは彼の唇の輪郭をゆっくりと慎重に舌先でなぞった。彼の唇はひんやりとなめらかで、引きしまっている。小さく震えるような喜びの衝撃が、それ以上のものを求める欲望とあいまって、ジュリアの背筋を這《は》いおりる。彼女は無意識にぴったりと寄り添い、サイラスがあとずさりしようとすると、不満の声をもらした。

「きみがブレインのためにしているのなら……」サイラスが荒々しい声で言いかけた。

「ニックのためですって？」

ジュリアは、ルーシーの夫のことをすっかり忘れていたのに気づいた。だが、それをサイラスには知られたくない。

「どうしてそんなに非難がましく言うのか、わからないわ」ジュリアは軽い口調を装った。「結局、これはすべてあなたが思いついたことなのよ。だけど、なぜあなたがルーシーを守りたいのか……」突然ある思いが脳裏をかすめた。「あなたはルーシーのためにこんなことをしているんじゃないのね？　だったら、どうして……。ああ、わかった。私を利用しているんだわ。ねえ、サイラス、彼女はどんな女性なの？　それに、なんでこれほどまでして彼女と手を切りたいの？」

「どうして僕にそんな女性がいると思うんだ？」

「ほかにどんな理由があるっていうの？　でも認めるけど、私には、あなたが不要になった誰かを平気で捨てるタイプに思えたことは一度もないわ」

「それはどうも」

「おじいさまでさえ、あなたにはひたむきなところがあると認めているくらいだもの。おじいさまはあなたを溺愛《できあい》している。私なら、あなたが深入りを避けようとしているんじゃなくて、むしろ求めていると思ったでしょうね。それとも、その女性は将来の伯爵夫人として、アンバリーの次期跡継ぎの母親として、ふさわしいタイプじゃないの？」

「きみは嫉妬《しっと》が表に出てしまうタイプなんだね」サイラスが警告した。

「まあ」ジュリアは憤りをあらわにした。「あなたが誰とつきあおうと、嫉妬なんかするものですか」

「僕が言ったのは、アンバリーが僕のものになってしまうことで、きみが妬《ねた》んでいるんじゃないかって意味だよ」

ジュリアは顔が赤らむのを感じた。これでは、私はひそかにサイラスに恋していると勘違いされてしまう。絶対に違うのに。

「ばかばかしい。あなたがアンバリーを相続することは前から知っていたわ」

「だから、ずっと僕に腹を立てていたのか？」

「そんなことないわ」ジュリアは即座に否定した。

「嘘つきめ。きみは子供のころから、僕がよそ者だってことを徹底的に思い知らせてくれたよ」

ジュリアは顔をしかめた。「それは、あなたがアンバリーを受け継ぐからじゃないわ」

「違う？」

「そうよ！」ジュリアはしぶしぶ認めた。「私が六歳のころ、母が話してくれたの。もしおじいさまが死んだら、アンバリーはサイラスのものになるから、私と母はほかに住む場所を探さなければならないって。母は、どんな状況になるか私に警告しておきたかっただけだと思うわ。でも私は、いつか私が学校から帰ったら、おじいさまが死んでいるかもしれないって、長いこと恐れてた。母はいつも最善を尽くしてくれたけど、でも父親がいないってことは、ときとして傷つくものよ」

「もっと詳しく話してくれ」

ジュリアはちらっとサイラスを見てから、寂しげな口調で続けた。「この方面では、あなたも私もついてなかったわね。あなたのお父さまは、あなたがまだ生後数カ月で亡くなってしまった。お年寄りの理事たちにあなたを託して。一方、私の父親は私に一瞥《いちべつ》をくれただけで、母を置いてほかの女性のところへ行ってしまった。あなたはどっちのほうがひどいと思う？ 父親に死なれるのと、生きてはいるけど自分が望まれていないのと」

腹立たしいことに声がくぐもり、涙で視界がかすんできた。中学生のとき、自分に言い聞かせて、こういう自己憐憫《れんびん》から抜けだせたと思っていたのに。だけど自己憐憫より、ほかの誰かから哀れまれているという思いのほうがもっと始末が悪い。その誰かがサイラスなら、なおのこと。

「そろそろ、キャンドルがすべて消されたかどうか確認してこなければ」じっと見つめているサイラスに、ジュリアは自己弁護するように言った。「こう見えても、私は仕事中なのよ」

「仕事中？」

「あなたから見れば、私の仕事は浅薄で無意味なものかもしれない。それに、私が自分の時間をすべて、有名人やパーティに使っていると思って、私をうらやむ人たちがいることも知っている。でも、これがどんなに激務か、人は認めてくれないのが現実よ。ルーシーはこの事業を確立するのに必死で働いてきたわ。私は精いっぱいプロの仕事をして、彼女に報いるつもりよ」

「くだらないおしゃべりをしている金持ちの老人や、その人形のような奥さんたちのそばで？」サイラスがからかう。

「そんなことを言うのはずるいわ。企業の接待パーティは大きなビジネスよ。あなたがイベントプランナーを雇ったことがないとは言わせないわ」

サイラスの祖母の一族が石油産業で得た数億ドルの利益は、一部、彼の祖父の時代に慈善的な美術財団設立につぎこまれ、現在はサイラスがその理事長を務めている。

「たしかにその手のイベントは行っているさ。基金集めのパーティをメトロポリタン美術館で開いているし、ゲッティ石油会社と共催もしている。すべて僕の母がとり仕切ってね。母が基金調達委員会の会長を務めているから」

サイラスはジュリアに顔を向けた。その目がきらりと光るのを、ジュリアは目にした。

「きみに仕事を手伝ってもらえれば、僕の母も喜んだだろうに」

「先にルーシーに頼まれたのよ。彼女には断れないもの」

「だけど、彼女の夫がきみに関係を迫ることは許せるのかい？」

ジュリアはわざわざそれに答えようとはせず、さっさとその場を離れていった。だが、キャンドルがすべて消してあるか確認するあいだも、サイラスの言葉が頭につきまとっていた。

ルーシーとニックが結婚したとき、ジュリアは親友をひどくうらやんだ。そして、その気持ちを誰にも悟られまいと決心した。けれど最近は彼に対して違った見方をするようになり、ルーシーをうらやむどころか、気の毒に思うことさえある。

実際、ニックの甘言や、結婚生活に満足できないと言って露骨におわす性的な誘いも、拒むのは驚くほど簡単だ。ニックはジュリアに与えられる喜びについて大っぴらに自慢し、自分が熟達した技量の恋人だと公言してはばからない。しかし、ベッドのなかではニックはサイラスに遠く及ばないだろうと本能が告げている。

自分の思いがあらぬほうへさまよっているのに気づき、ジュリアは後ろめたさにかられた。

そんなところまで思いを及ばせるのは、やめなければ。ジュリアは自分に警告するように小さくつぶやき、そこでぎょっとなった。いつのまに来たのか、当のニックがそばにいたのだ。

「僕がいなくて寂しかった？」

「あら、どこかへ行っていたの？」ジュリアは愛想よく切り返した。「私は忙しすぎて気づかなかったけど。でもルーシーは、あなたがどこにいるんだろうと思っているんじゃないかしら」

「きみが望むなら、ひと晩、きみのベッドにいたと彼女に教えてやるさ」

「言ったでしょう、ニック、興味はないって」

「もちろんあるさ。僕がきみからルーシーに乗り換えて以来、きみはさかりのついた雌犬みたいに振る舞ってきたくせに」

「あら、そう？」ジュリアは慎重に軽い口調を心がけた。「サイラスに伝えておくわ。私がどれだけ彼を欲しがっているか、ほかの男性が気づいているとわかったら、うれしがるでしょうから」

とたんに、ニックは彼女の後ろの石柱に寄りかかっていた体を起こした。

「サイラス？　あいつがきみを追いかけてるっていうのか？」

「そうよ、私たちは恋人同士ですもの」ジュリアは堂々と嘘をついた。

「なんでまた？」

「当たり前の理由よ。彼はセクシーだからよ。それに——」

「僕が言っているのは、なんで彼がきみを欲しがってるのかってことだ。彼ほどの金持ちなら、女性はよりどりみどりだろうに」

「サイラスが欲しいと思っている〝誰かさん〟が私なのよ。私が求めている男性もサイラスだけ。ニック、あなたはルーシーと結婚しているし、彼女は私の親友なのよ。だから――」

ジュリアはいきなり悲鳴をあげた。ニックに腕をつかまれ、力ずくで背中を石柱に押しつけられて激しく揺さぶられたのだ。彼女はなすすべもなく、ただ固い柱に後頭部を打ちつけられないようにしているしかなかった。

「僕を欲しいと思っていないだって？　まさか。きみは我慢できないくらい僕を欲しがっているくせに。いいとも、今すぐここで証拠を見せてやろうじゃないか。きみは僕に借りがあるんだ。なんらかの方法で借りを返してもらうからな」

ジュリアは本能的に体をひねって向きを変え、なんとかニックから身を振りほどこうとした。そうこうするうち、きつくつかんでいるニックの指の下でドレスの繊細な生地が破れた。

なんとしても彼に屈してはならないとジュリアは自分に言い聞かせた。痛みをおぼえていたが、それくらい、どうということはない。それでも、ほうほうの態でニックから逃げだせたのは、彼を蹴《け》りあげ、靴のかかとが脚に命中し、彼が苦痛に悲鳴をあげて手を離したすきに、ようやくだった。

ニックが悪態をつくのが聞こえた。ジュリアは彼を押しのけ、安全な場所を求めて駆けだした。彼が追ってくるかもしれず、それを見るのが怖くて振り返りもしなかった。

十五分後、洗面所の聖域に逃げこんだときも、まだ体が震えていた。ジュリアはそこで破れたドレスを脱ぎ、ジーンズとTシャツに着替えた。ジーンズは昼間着ていたもので、丸めてバッグに詰め、ケータリング業者のところにあずけてあった。

朝になったら、ニックに暴行を受けた跡が痣《あざ》になっているだろう。

暴行。その言葉は、口のなかにざらついた不快な味を残した。事実、彼は暴行を働いた。もしも身を振りほどいて逃げることができなかったら、彼にレイプされていただろうか？

ニックが話しかけてきたときの口ぶりや、彼の脅すような態度にどれだけぞっとさせられたか思い出して、身震いが走る。ジュリアは破れたドレスをたたみ、ジーンズとTシャツを突っこんでおいたバッグにしまいこんだ。

今回、ルーシーとニック、それにマジョルカ島まで同行してきた請負業者たちも含めて全員、割安なリゾートホテルに滞在していたので、今夜はルーシーとニックの車に便乗してホテルに戻るつもりでいたが、今となってはそれはできない。そこで、ジュリアは請負業者のひとりに頼みこんで同乗させてもらうことにした。

「ジュリア、どこかでニックを見かけなかった？」

近づいてきたルーシーの声に不安そうな響きを感じて、ジュリアは緊張した。

「さあ、見かけないけど」

「じゃあ、まだアレクシーナ・マタロスと一緒かもしれないわ」ルーシーはため息をついた。「ご主人の五十歳のバースデーパーティの見積もりを彼女に頼まれているの。そうそう、サイラスがあなたを捜していたわよ。あなたたちのことは、私もとても喜んでいるわ」

「僕ほどじゃないだろう」暗がりから深みのある声が聞こえた。

「あら、サイラス、よかった。彼女はここよ」姿を現したサイラスが二人のそばへやってきたのを見て、ルーシーは笑った。

ルーシーにほほ笑み返し、サイラスはジュリアに尋ねた。「ドレスはどうしたんだ?」

「着替えたのよ。後片づけをするのに、ジーンズのほうが楽だもの」

「帰れるまで、まだかかりそうかい?」

「もうほとんど終わったわ。でも、あなたは待っている必要はないわよ……ダーリン」ルーシーがいるのを意識して、甘い声を出す。

そんなことにはおかまいなしに、サイラスが尋ねた。「ホテルまでどうやって帰るんだい?」

「ああ、業者の人に同乗させてもらうことにしたわ」ジュリアは気軽な口調を装った。

「そうか。僕も一緒に行こう」

私と?

私たちがカップルだということになっているのはわかっているけど、そこまでするなんて、やりすぎだ。なぜなら、彼が宿泊しているところまで戻らなければならないから。たぶんサイラスはドーランドと同じく、マジョルカ島随一の超高級ホテルに泊まっているに違いない。

「じゃあ、私はニックを捜しに行くわ」ルーシーが言った。

「なにもホテルまで同行してくれなくてもけっこうよ」ルーシーがいなくなるや、ジュリアはサイラスに念を押した。

「ジュリア、一緒に帰るのなら、そろそろ出発するよ」請負業者が大声で催促している。

「僕たち二人とも乗れるかな?」サイラスが業者に尋ねた。

「大丈夫だよ」

サイラスはジュリアの背中に手を当て、彼女をうながした。

サイラスの手は、ニックの手など比較にならないくらい容赦なく押さえつけている。なのに、どういうわけか、ジュリアは尻込みするというよりもむしろ、その感触にリラックスしたいくらいだった。前に進む代わりに、横を向いてもっとサイラスにすり寄りたい。

どうして？　ジュリアは意識に鞭《むち》打って、自分の愚かさを自覚しようとした。もう一度彼の唇を見るため？　もう一度彼のキスを味わうため？　しかし彼女の体の反応は、自分の愚かさを正しく認めるどころか、発信しているメッセージを意図的に誤解しようとしている。サイラスのキスをもう一度味わいたいというメッセージに。

まったく。いつから私は進んで男性に言い寄るタイプになってしまったの？

3

「ああ《オラ》、セニョール」デスクの後ろから、ホテルの受付係がサイラスに笑いかけた。「どうぞ、お部屋の鍵《かぎ》です」

部屋の鍵？　ジュリアは驚いてサイラスを見つめた。

「ここに泊まっているんじゃないでしょう？」

サイラスは五つ星以下のホテルには宿泊しないと思っていた。

「僕たちのために、ここのスイートルームを予約したんだ。きみの荷物はそっちに運ばせておいた。そうしておけば、ブレインも僕たちのことを、つまり僕たちの関係について、もう思い違いしないだろうから」

　スイートルーム？　僕たち？　僕たちの関係？

「どうかした？」

「わざわざきく必要がある？」やっと呼吸をとり戻し、ふたたび話せるようになるや、ジュリアはサイラスに挑んだ。「サイラス、あなたとはベッドをともにしないわよ」

「僕とベッドを？」

「わかっているくせに」ジュリアは不機嫌な口調になった。

「そのことは僕たちの部屋で話さないか？」サイラスは優しく言った。その声は、薄い布にくるまれただけの鋼鉄に撫《な》でられるかのように彼女のすり減った神経を刺激した。「もちろん、僕たちのあいだで起こりうる喧嘩《けんか》をホテルの従業員に目撃させて、僕たちの関係に現実感を加えたいと思っているのなら、話は別だけど」

　サイラスはすでに彼女の隣に立ち、傍目《はため》には間違いなく親密な恋人と見られるような具合に、顔を彼女のほうに傾けている。こういうことも、私がいつも嫌っている彼の独裁的な性格の一面だ。ジュリアは腹を立てながら決めつけた。だけどこうなっては、急《せ》きたてられるまま、がたつくエレベーターに向かわざるをえなかった。

「ここのひどいスイートルームはたしか最上階にあるのよね」エレベーターが音をたてて上昇しはじめると、ジュリアは不平をもらした。

「セニョーラ・ボニータが窓から海が見えると言っていたから、きっと最上階だろう」

「それを信じたの？　海ははるかかなたよ。それにしてもこのエレベーター、とても安全とは言えそうもない代物ね」ジュリアは自分にも説明のつかない理由で、サイラスにではなく、エレベーターの扉にひたすら目を向けていた。

「セニョーラ・ボニータは〝長々とゆっくり天国に昇っていく〟という詩的な表現を使っていた」

視線を向けまいという決心を忘れ、ジュリアは思わずサイラスに顔を向けて非難した。「あなたが勝手に作ったんでしょう」

サイラスは小さく肩をすくめた。

「ねえ、どうしてこんなまねをしているの？」エレベーターが突如大きく揺れ、それからわずかに下がった。バランスを崩したジュリアは、サイラスのほうによろめいた。

サイラスは即座に腕をまわして彼女を支え、同じく即座に腕を離して彼女から下がった。

「何か不都合なことでもあるのかい？」

ジュリアは鋭い目でにらみつけた。彼は何が言いたいの？

「このエレベーターは安全じゃないわ」

サイラスはジュリアの顔にさまざまな感情が交錯するのを見守っていた。彼女の目は相変わらず表情豊かだ。彼女が今何を考えているか、手にとるようにわかる。幸い、彼女より僕のほうが自分の感情をうまく隠すことができる。そうでなければ、ジュリアを腕のなかに支えたときに僕が本当はどうしたかったか、読みとられていたはずだ。

サイラスがこのマジョルカ島に来ることになったきっかけは、孫娘が心配だと彼女の祖父がつぶやくように口にしたひと言だった。しかし皮肉にも、ニック・ブレインのおかげで、サイラスは巧みにジュリアとの親密な関係に身を置くことができた。もちろん、当座は見せかけだけだが。

「サイラス、あなたがジュリアと結婚するなんて本気のはずがないわ」ジュリアが十八歳の誕生日を迎えた夜だった。サイラスとともにパーティに出席していた母親が、不満そうに息子をたしなめた。

「賛成できないってことかい？」

「あなたは彼女を愛しているの？」息子に劣らず、母親も鋭い口調できき返した。

「恋愛なんて感情のウイルスにすぎないんだよ。そんなものを、関係を築くうえでの土台として利用すべきじゃない、というのが僕の持論だ。大人になれば、ジュリアは申し分ない妻になる。かなり前からそう思っていた」

「サイラス……」

「もう決めているんだ。僕にとって彼女以上にうってつけの妻になれる女性が誰かいるかい？　いずれアンバリーを相続したとき、彼女なら、伯爵夫人として、アンバリーの女主人として、何が自分の務めか正確にわかっている。そうすることで、老伯爵を喜ばせることもできるし、未処理の問題もいろいろ片づけられる。実際的な見地からすれば、僕たちの結婚はすごく良識にかなったものだ。もちろん、今はまだ彼女も若すぎるけど、僕はあまり先延ばしにするつもりはない」

「良識ですって？　サイラス、あなたは結婚をまるで……商取引のように考えているのね」

「いいや、母さん、実際的な考え方をしているんだよ。僕はアンバリーに対する責任ばかりか、美術財団のことも考えなければならないんだから。莫大《ばくだい》な離婚の慰謝料を請求する妻はお断りだ」

「あなたって、ときどき、二十代の若者じゃなくて、お父さまから受け継いだあの無味乾燥な理事たちのような言い方をするのね。じゃあ、あなたは愛する人と分かちあう人生を、あなた自身だけでなく、ジュリアからも奪ってしまって、かまわないの？」

「母さん、愛なんてものは幻影にすぎないんだ。いや、錯覚かな。相互理解と共通の目標のうえに築かれた結婚のほうがずっと実際的だし、はるかに長続きする」

「ジュリアがあなたに同意するかしらね。彼女をごらんなさいよ！」

　母の言葉に、サイラスは視線を移動させ、茶とピンクの縞《しま》状に染めたショートヘアを眺めた。ダンスパートナーの肩にさえぎられて、彼に見えるのはそこまでだった。

「ヘレンが話していたわ。ジュリアが学校から帰ってきたとき、おなかにピアスをしていたし、かまわなければ一族の紋章のタトゥーを入れると言っていたって」

　それは、ジュリアが地元の動物愛護団体のリーダーと熱烈な恋に落ちた年のことだった。

　しかし、ジュリアはもう十八歳ではない。だからサイラスは自分の計画を実行に移してもいいころだと判断したのだ。ジュリアの祖父は徐々に弱ってきているし、サイラスは老伯爵が好きだった。自分の跡継ぎと孫娘が結婚するのを目にするのは、老人にとって大いに意味のあることだろう。サイラス同様、老伯爵も非常に実際的な人物だった。自分の相続人が自分の孫娘と結婚する以上に実際的なことがあるだろうか。そうすることで、存続している一族の二つの血筋を結合させ、同時にアンバリーの未来をたしかなものにできるのなら。

　ようやくがたがたしたエレベーターの動きが止まった。ジュリアはほっとして外に出たが、〝最上階のスイートルーム〟なるものが、実際は垂木《たるき》に囲まれたなかにある部屋だと気づき、あきれたものか、勝ち誇ったものか、あやふやな気分だった。エレベーターのわきの廊下にはちっぽけな窓があるが、低すぎて、外を見るのに大人なら膝を曲げなければならないほどだ。

　ジュリアが見守っている前で、サイラスは鍵をさしこみ、重そうなドアを開けた。

そこは居間として使えるように家具調度がしつらえられ、開け放たれた両開きドアを通して、その奥にある寝室がキングサイズのベッドごと丸見えになっていた。

「どうやらバスルームが二つあるようだ」サイラスの声がジュリアに聞こえた。「居間のソファは、ベッドにもなるタイプだな」

「私にソファベッドを使えということね？」

「いや。きみはあっちのベッドを使えばいい。どのみち、朝、目を覚ますのに問題を抱えているのは僕じゃない。そうだろう？」

たしかに、ジュリアは雲雀《ひばり》というよりは梟《ふくろう》だった。まったく、これもまたサイラスらしい。十代のころの彼女が朝寝坊だったことを、それも休暇中はとくに朝寝が好きだったことを今でも覚えているのだから。

「ベッドはどちら側で寝るのが好きかい？」

ジュリアは疑わしげな表情を向けた。「私がベッドを独り占めしていいのなら、どちら側に寝ようと関係ないでしょう」

「ジュリア、僕の言うことにいちいち性的な意味合いを探すのはやめてくれ。どっちのバスルームを使うのがきみにとって都合がいいか、知りたかっただけなんだから。ベッドの左側に寝れば、夜中に目が覚めたとき、自動的に左側のバスルームを使うだろうし、右側に寝れば――」

「けっこうよ、教授。わかりました」ジュリアは不機嫌にサイラスをさえぎった。「それならそうと簡単に言えないの？」

「きみはどうして、きかれたことだけに答えられないんだ？」

「こんなの、うまくいくわけがないわ」ジュリアはいらいらと髪をかきあげた。

「きみがうまくいかせたくないなら、たしかにうまくいがないさ」サイラスは簡潔に認めた。「うまくいかせたい気があるなら、必ずうまくいく。それは僕たちにかかっているんだ」

「私はなんとしても、ルーシーが傷つく原因になりたくないの。でも、彼女自身、結婚生活に不満を感じているのなら――」

「不満だと彼女はきみに直接言ったのかい？　それとも、ブレインから得た情報か？」

「ルーシーとは、彼女の結婚生活について話したこともないわ。でも――」

「でも、彼女の夫とは話したことがある？」サイラスが冷ややかに指摘する。

ジュリアは横目で彼を眺め、少し警戒するような表情になった。サイラスは私に腹を立てているのだ。それは彼の声が鋭くなったことからもわかる。

「サイラス、今は十九世紀じゃないのよ。女性が友達の夫に話しかけることも、男友達を持つこともできなかった時代じゃないわ」

「しかし、ブレインが求めているのは、友情なんてものじゃない」

ジュリアはくたくたで、かすかに頭痛も感じていた。今は早くベッドに入りたいだけだ。とてもサイラスと言い争いをしたい気分ではない。

「その高慢な態度は、いい加減やめたら？　だって、あなたは利他精神からこんなことをしているわけじゃないでしょう？」

「どういう意味だ？」

サイラスがすばやく身構えたのを見て、ジュリアも身をこわばらせた。

「つまり、あなたがこんなことをするのは、おじいさまを守りたいという以外に、何か理由があるはずだわ」

「どういう？」

「たとえば、あなたがもう求めていない例の女性とか？　ベッドに誘うのはいいけど、深みにははまりたくない女性よ」

「きみにとってのブレインのような存在か？」

ジュリアは小さく肩をすくめた。「あなたもニックと同じ分類に入りたいのなら、いいわ、どうぞ先を続けて」

こういう言い方は彼の気に入らないだろう。もちろん、ジュリアにもそれはわかっていた。だが、どれくらい気に入らないかは正しく計算できていなかった。

サイラスが一歩前に踏みだしたとき、ジュリアは自動的にあとずさった。その行為に上塗りするように、彼女は両腕で体を抱き、これ以上の暴力から身を守ろうとでもいうように、打撲傷をこうむった場所を手でかばった。

ジュリアには理解できない表情がサイラスの顔に浮かんだ。少なくとも彼女の頭では理解できない表情が。とたんに感情を刺激され、情けなくも熱い涙がまぶたの裏を焦がした。

「いったい、あなたはこのマジョルカ島で何をしているんだか、さっぱり理解できないわ」ジュリアは疲れきった声で吐き捨てるように言った。「きっと美術財団に関係したことなんでしょうけど」

ほんのわずか間があいた。「ああ。言いようによっては。ただし、この件はかなり特別で……実のところ、とてもユニークなものだ」

「しかも、私と見せかけだけの関係を結んで、結果的にトラブルを招いたとしても、そうする価値のあることなのね？」ジュリアは皮肉っぽくきいた。

「価値はあるさ」サイラスは静かに認め、続けて言った。「さあ、ベッドのどっち側だ？」

「左。いえ、右……。本当はどっちでもいいわ。あなたはどっちがいいの？」きいておいて、ジュリアは真っ赤になった。「違うの。そんな意味じゃなくて、要するに、あなたはどっちのバスルームがいいかきいたのよ」

サイラスはただ彼女を見つめている。

ジュリアは唇を噛《か》み、それからかすれた声で言った。「あなたが何を考えているか、私にだって想像がつくわ。でも、あなたとはベッドをともにしないわよ」

サイラスは物憂げに片方の眉をつりあげた。そのしぐさはジュリアの脈を速めるのに充分だった。

「僕がきみを誘ったとは気づかなかったな。しかし、誘っていたとして、どうしてきみは僕を拒絶したがるんだ？」

「どうしてですって？」ジュリアは大きく息を吸い、腹立たしげな表情を向けた。「そんなの、わかりきっているでしょう？　私たちはお互いにとって大事な存在でもなんでもないわ。お互いに好意すら持っていないのよ。ましてや、欲望なんてものは全然感じていないんだから。感じていたとしても……その……セックスには結果や……責任がついてまわるものよ。それに……」自分が深みにはまっていくのはわかっていた。

「ジュリア、僕はきみを性経験のある現代的な若い女性だと思っているのに、きみはますます、苦悩にさいなまれた時代遅れのバージンのような口調になってきたね」

「違うわ」ジュリアはにべもなく言った。「つまり、私はバージンじゃないってことよ」

「じゃあ、どうしてこんなにあわてているんだ？」

本当にどうしてかしら？　前には気づかなかったある現実に向きあわないかぎり、自分自身に対してさえ答えられない。ましてや、サイラスに認めることなど、できるわけがない。

それより、無頓着《むとんじやく》な態度でごまかすほうがはるかに簡単で安全だ。ジュリアは精いっぱい軽い口調になるよう心がけた。

「たぶん、私の経験ぐらいでは、詳しく記録されているあなた自身の熟練した技にはとても太刀打ちできないんじゃないかって、心配しているからよ。なんといっても、あなたがデートした例のスーパーマーケット・チェーンの跡取り娘は、あなたが本当に精力絶倫男だということをはっきりさせようと……あなたたちのベッドでの様子をビデオに撮ってウェブサイトに流して、そのことを立証したじゃないの」

「きみはそのビデオを見たのか？」

「まさか！　でも新聞で読んだわ」

「それは三年も前の話だよ。しかも、きみは実際に見ていないんだから、ビデオの男は別人だったという可能性もありうる。それにしても、きみの態度は驚きだな。僕のいわゆる熟練した技とやらを楽しんで、そこから学べる機会を歓迎すべきなのに。たとえば……女性が発するあえぎ声とかね」サイラスは笑いを噛み殺そうとしたが、うまくいかなかった。

「おかしくなんかないわ」ジュリアは抗議したが、彼女自身、喉までくすくす笑いがこみあげ、止めようもなく吹きだした。

　これがサイラス流なのだ。バスルームのドアに鍵がかかることを確認してから、熱い湯を張ったバスタブにゆったりとつかったジュリアは、そう認めた。彼はどんなに怒らせても、なぜか最後には私を笑わせるこつを知っている。私と彼は、たしかに同じようなユーモア感覚を共有しているのだ。

　ニックと違って。

　ニックは私を笑わせたことがない。彼のユーモア感覚は他人に対する残酷なかたちで表れる。

　ジュリアは自分の腕に目をやった。ニックに強くつかまれたところが、すでに痣《あざ》になりかけていた。

4

ジュリアはベッドの上でゆったりと伸びをした。コーヒーの香りが漂い、人の声が聞こえる。聞き慣れた声。サイラスの声だ。

「目が覚めたかい、眠り姫？」

サイラスが戸口に現れた。着ているローブの裾《すそ》からむきだしの脚がのぞき、手にはコーヒーカップを持っている。

「シャワーを浴びて着替えをしたいのなら、お先にどうぞ」ジュリアはつっけんどんに言った。

「きみは寝起きが悪いって忘れていたよ。いいから、こっちへ来て、この眺めを見てごらん」

私のほうは、彼がどれだけ無慈悲に、そして不必要に上機嫌でいられるか、忘れていた。

「ねえ、何か着たらどうなの？」

「なんのために？」

なんのため？　私の心の平安のためよ。そうですとも！　サイズの合わないローブを着たまま彼にうろつかれたら、落ち着かないに決まっている。日に焼けた胸があらかたのぞいているし、かろうじて隠れている腿はとてつもなく男っぽい。

ジュリアは、すっかりおなじみになった胸が騒然とするような興奮をおぼえた。以前なら、当然の反感としていつも片づけていたものが、どういうわけか驚くほど形を変え、サイラスに対する鋭い性的な意識が芽生えている。彼がどんな影響を及ぼしているか、いつでも喜んで見せられるほど、上掛けの下で胸の先端が硬く突きあげ、下腹部は緊張感に締めつけられている。ひょっとして私は正気を失いかけているのかしら？　うつろな頭でそう思ってしまうくらいだ。

「部屋で朝食をとりたいだろうと思って、ジュースとコーヒーを頼んでおいた。目玉焼きは、軽く両面を焼いたのが好みだったよね」

「あなたのローブはそれでいいの？　サイズが合っていないように見えるけど」

「きみのローブが裾を踏みつけてしまうほど長いようなら、交換すべきだな。まずはきみがベッドから出て、確かめないと」

「そこにいられたら、ベッドから出られないわ」

「それはまたどうして？　ミッキーマウスのパジャマが僕に及ぼす影響が心配だから？」

「それは私が十歳のころの話よ」ジュリアはぶっきらぼうに言い返した。

「テディベアの枕《まくら》もね。だけど、この前老伯爵を訪ねたとき、まだあったよ」

　そもそも何も着ないで寝てしまったのがいけないのだ。ジュリアは自分を呪《のろ》った。でも、ミッキーマウスのパジャマだなんて、失礼な。このまま何も着ずに堂々とベッドから出ていったら胸がすっとするんじゃないかしら。彼にはいい気味だ。

「せっかくの卵料理が冷めてしまうぞ」サイラスが警告する。

　彼にわかるのはその程度なのね。ジュリアは決めつけた。私の〝卵〟は相当熱くなっているというのに。ある種の行為をいつでも受け入れられるほど。一体になって、そこから三人になる行為。双子ということもありうる。そうなると四人だ。双子だったら面白いだろうといつも考えていた……。

　迷走する思いにジュリアは小さく抗議の声をあげ、あわててベッドから出た。頭に思い描いた、サイラスの水色の目と黒髪を受け継いだ、愛らしい双子の赤ん坊のイメージから逃れることに気をとられ、一瞬だが、何も着ていないのを忘れた。

「タトゥーはどうした？」

ジュリアはくるっと振り向かないよう自分を抑えた。そして半開きのバスルームのドアの後ろに逃げこみ、肩越しに顔を向けた。

「タトゥー？」

「家の紋章だよ。きみがお尻にタトゥーを入れたって、母が言ってたけど」

「ええ、入れたわ。挑発されてね。でも永久に消えないものじゃなかったのよ。ほかに質問は？」

「いや、今のところは。たぶんその話は、水着をつけずに日光浴をする女性を男性が見かけたときに、大いに参考になるんじゃないかな」

「日焼けの害について聞いたことはないの？」ジュリアはすぐさまやり返した。「私なら、全身にスプレーを吹きつけて褐色にするわ」

「僕に言わせれば、焼け残った白いキュートな三角形のほうがずっと刺激的だよ。世間一般がまだ見ていないものを見られるとわかったら、どんな男でもいい気分になる。ところで、例のばかげた靴をはいていないきみがどんなに小さいか、忘れていた」

「小さい？」ジュリアは腹を立て、思わず彼のほうに一歩足を踏みだした。そのとたん顔が赤らみ、あわてて足を引っこめる。「私の背は百六十五センチあるのよ」

「僕は、きみがまだまだ幼いのを忘れてたって言ったんだよ」サイラスが物憂げに言う。

「そう。私は、あなたが知ったかぶりをする傲慢《ごうまん》な人だって忘れていないわよ」ジュリアは不機嫌に言い返してバスルームのなかに消え、ドアをぴしゃりと閉めた。

自分でもうんざりしたが、怒りと感情的な欲求不満が交錯したまま、ジュリアはかすかに身を震わせた。自分の言うことなすこと、すべて優秀で、かつ正しいと思っているあの高慢な態度で、サイラスがどんなに簡単にどんなに猛烈に私を怒らせるか、すっかり忘れていた。

あれほど周囲から影響されず、傷つくこともないなんて、いったいどんな人間なの？　サイラスは絶対に思い悩んだりしない。それが彼の困ったところだ。サイラスに対して、自分自身を疑うように仕向けたり、彼を動機づけているものに疑念の目を向けさせたりできる人は誰もいない。賢い老紳士のおじいさまでさえ、彼には敬意を払って丁重に接しているくらいだ。

でも私はそんなことするものですか！　人間的であるのがどういうことか、傷つくのがどういうことか、サイラスが気づいたとき、その場に居合わせられたらいいのに。ジュリアは自分を奮い立たせてシャワーを浴び、体を拭《ふ》いた。

そして、ドアのフックに残されていたバスローブをはおった。特大サイズでも男性用でもない。ただし、サイラスが着ているローブとまったく同じサイズだ。

むろんジュリアには大きすぎたが、ありあまるくらいの布地で体を包んでくれるという事実は、今の彼女の気分にとって不利なことではなかった。

サイラスは居間の開け放たれた窓辺に立ち、コーヒーを飲んでいた。

「バルコニーがあるけど、安全かどうかは怪しいものだ」ジュリアに警告する。「コーヒーは？」

「自分でつぐわ。どうも」ジュリアは鋭い口調で答えた。

「今日の予定は？」

「別に。あのカップルと付き人たちは、今日の午後、飛行機で帰るから、たぶんドーランドが見送りに行くんじゃないかしら。でも、私たちはそこまで関与していないの。ルーシーも今夜のうちにイギリスへ帰るし。私は、言ったように、ナポリまでの飛行機を予約してあるわ」

「じゃあ、午前中は自由というわけだね？」

ジュリアはためらった。朝の自由な時間は、好きなだけ靴を物色しようと思っていた。だが、それを言って、またサイラスにばかにされる機会を与えるつもりはない。

「そうでもないわ。ちょっと出かける用事があるの。クリーニングに出したものをとってこなければ。銀行にも行きたいし」

「そうか、僕も一緒に行こう。この町の古い地域を見てまわりたいから」

「だめ！　その、一緒に行くまでもないってことよ。あなたは退屈するだけだわ。それに片づけなければならないデスクワークもあるし、電話をかけなければいけないところもあるのよ」

「わかった」

彼女はブレインと落ちあうつもりなのだ。それくらい見抜けないとでも思っているのか？　ついつい、そんな皮肉を言いたくなる。

サイラスはイタリアまでジュリアに同行するつもりだった。ブレインのほうは今日の遅い時間に飛行機でイギリスへ帰ることになっている。それを知らないままなら、何か手を打ちたくなったかもしれないが、ここでジュリアを追いつめ、ブレインと駆け落ちするような愚かな行為に走らせてしまっては、意味がない。

残念ながら、ジュリアは高校卒業後、アンバリーには残らず、結婚適齢期に達するまで乗馬や慈善活動をしながら祖父の相手をするという道を選ばなかった。

しかし、彼女がプレタ・パーティにかかわったことを、サイラスはさほど心配しなかった。かえって自由に使える時間が生まれ、財団運営の合理化に思う存分集中することができたから。

ところが、今になって事情が変わり、サイラスは彼女を妻にしようという決意を実行に移す心づもりができてきた。妻にするなら、なんといってもジュリアはいろいろな点で申し分ない。二人には共通の先祖がいる。かといって、血のつながりが濃すぎるほどではない。ジュリアも、彼女の母親と同じように、事実上アンバリーで育っているし、アンバリーに適応するにも、とり仕切るにも、なんの問題もないはずだ。

いや、ずっとアンバリーを本拠にするという意味ではない。僕はアメリカ人だし、祖父が創設した美術財団に対して果たすべき責任や義務がある。ジュリアなら、きっとその分野でもすばらしい僕のパートナーになるはずだ。母が彼女にアドバイスしてくれれば、なおのこと。

当然ながら、そうした愛情抜きの実際的な結婚観を、ジュリアはもちろん、たいていの人は評価しないだろう。しかし、数億ドルの金と爵位を完全なかたちで代々伝えていく責任を担っているサイラスには、感情に支配され、愚かな行為をしでかすゆとりなどないのだ。

けれど、完璧《かんぺき》なダイヤモンドのまんなかにある小さな傷のように、今はニック・ブレインの存在がある。人は自分で幸運を作りだすもの。それがサイラスの信念だった。それでも、偽りの関係を結ぶように提案することで、ニックとジュリアの仲にくさびを打ちこみ、同時に、友達に対するジュリアの忠誠心を利用できる立場にいるということは、彼に都合よく運ぶよう、天が配剤してくれたのだと思わざるをえなかった。

サイラスは目下、アメリカ人の甘やかされた跡取り娘エイミー・デトロワという、厄介でいらだたしい問題を抱えていた。サイラスのほうはそんなそぶりすら見せたこともないのに、エイミーは耳を傾けてくれる相手なら誰にでも、サイラスと熱烈に恋していると宣言してはばからない。何はともあれ、彼女が僕をよく知っていれば、時間を無駄にしているとわかるはずだ。僕は相手が誰だろうと、恋に落ちるというような実際的でないことをするつもりはないのだから。

しかし、僕とジュリアの婚約発表には、ありがたいことに、エイミーを正気に戻してくれるという有益な派生効果がついてくるだろう。まあ、エイミーが多少なりとも正気を持ちあわせていればだが。

誰かに呼び止められてどこへ行くか尋ねられることもなく、ジュリアはホテルを抜けだした。靴店に通じる路地に曲がりながら、いつものように胸の鼓動が少し速くなる。

ほら、あそこに飾ってある。ショーウインドーのなかに。大胆なくらい高くて華奢《きゃしゃ》なヒールが。大きく開いた爪先は、足の指にかかる部分をほどよくのぞかせるデザインだ。

この靴は、ここに立って一日じゅうでも見ていられる。いいえ、そんなことをしていたら誰かに先を越されてしまう。そんなの絶対にいや。ジュリアはあわてて店のドアを開けた。

たっぷり一時間後、手提げバッグを二つ持ってジュリアは店を出た。幸せそうに頬を紅潮させ、目を輝かせて。気に入った二足のうち、どちらか一方を選べといわれても無理な話で、結局は二足とも買ってしまった。あまりにもすてきな靴で、買わずにいられなかったのだ。

「ニックは一緒じゃないのかい?」サイラスは読んでいた新聞を置き、やってきたルーシーに声をかけた。ホテルの裏手に位置するこの中庭《パティオ》は、心地よい日陰を提供してくれている。

「ええ。なんだか用事があって街に出かけたわ。でも、携帯電話の電源を切っているみたいなの。たった今、かけてみたんだけど」

ルーシーの無邪気な言葉に、サイラスは疑念を強くした。代わりにジュリアの携帯にかけてみたらと、皮肉っぽく言いそうになる。

「早く帰ってきてくれないかしら。別荘《ヴィラ》で大騒ぎになってるって、ドーランドから電話があったばかりなの。どうやら例のティファニーのネックレスが行方不明らしいのよ」

「それでドーランドが驚いているというんじゃないだろうね？」当惑した表情のルーシーを見て、サイラスは説明した。「マルティナは所有欲の強い女優として有名だよ。借り物の宝石を所有者に返さないのは、なにもこれが初めてじゃないだろう」

「でも、ドーランドがティファニーに弁償しなければならなくなるわ。彼が借りたんですもの」ルーシーはショックを受けているようだ。

「彼が自分の銀行口座に数百万ドルかそこらの穴をあけるとは思えない。この事件がある種の宣伝行為でないとしたら、そのほうが驚きだよ。僕の推測では、ドーランドは真っ先にメディアに知らせるはずだ。警察にではなく」

「サイラス、あなたって皮肉っぽい考え方をするのね」ルーシーの口調は優しかった。

「皮肉なものか。常識だよ」サイラスはちらっと時計に目をやり、新聞を置いた。「ジュリアも街に出かけたんだ。そろそろ戻ってくるころじゃないかな。僕も散歩がてら出かけてみよう。彼女と遭遇するかもしれない」

「ジュリアが出かけた？」ルーシーは額にしわを寄せた。「午前中はあなたと過ごすと言っていたように思ったけど？」

「クリーニング屋に出したものをとりに行くのを忘

れていたらしい」別にルーシーをかばってやる義務など僕にはないのに。だが、この気の毒な女性が傷つきやすいのは一目瞭然《りょうぜん》だ。それに、ジュリアと親友のあいだに疑念や不信感を生じさせるのは、僕の目的にかなったことではない。

「やあ、ジュリア」

路地が広場と交わるところでニックが目の前に現れ、ジュリアはとっさに用心深く足を止めた。広場には、居眠りをしているように見える老人が二人、小さなカフェの外に座っているだけで、ほかに人影はなく、ひっそりしている。

「私、ホテルに戻るところなの」ニックの暴力行為などなかったかのように行動すれば、彼もちゃんと振る舞ってくれるはず。ジュリアはそう自分に言い聞かせた。

「これはこれは」ニックがつぶやいた。「ほら、誰かさんがやってくる」

ジュリアは広場の向こうに目をやり、あえぎ声をもらした。向こうからサイラスが決然とした足取りで歩いてくる。

「あいつがこれをどんなふうに受け止めるか、見てやろうじゃないか」

ジュリアがよける間もなく、ニックは彼女を壁に押しつけ、身を離そうともがく彼女にわざと情熱的にキスをした。

サイラスの影が覆いかぶさるまで、ニックは彼に背中を向けたまま、彼女を放さなかった。そうしておいて、ようやく向き直り、勝ち誇った態度で去っていった。ジュリアの目には、ニックの顔に浮かんでいた残酷な満足感しか見えなかった。

「今のが傍《はた》からどう見えたにしろ、違うのよ……」ジュリアは震えがちな声で弁解を始めた。サイラスは温かい日差しをさえぎるように立ちはだかっている。彼女は寒気を感じ、本当に震えだした。

「昔、きみが動物愛護団体の連中とかかわっていたころ、老伯爵の狩猟管理人が飼っていた哀れな雉《きじ》を逃がしてやったことがあった。あのとき、僕がなんと言ってきみを脅したか、覚えているかい？」サイラスは優しいと言ってもいい口調で尋ねた。

だまされるものですか。彼の声がこんなふうに快く響くのは以前にも聞いたことがあるし、それが意味するところもわかっている。

「もちろんよ。今度またこんなことをしでかしたら、お尻をたっぷり叩《たた》いてやる、でしょう？　でも今はもうそんな脅しを使うことはできないわよ。子供を叩くのは違法行為だもの」

「きみはもう子供じゃなくて、大人だ。ただし、大人としての論理的な思考能力は持ちあわせていないようだが。僕をどんなに怒らせたか、きみにわからせてやる最上かつ唯一の方法は、その小さなお尻が、恥ずかしがって赤くなるまで、思いきり叩いてやることだろうな」

サイラスの声に、もはや優しさはなかった。

「きみは自分のしていることがわかっているのか？　友達を傷つけたくないと言っておきながら、こっそり抜けだして彼女の夫と合流できるよう、僕にも彼女にも嘘《うそ》をついた。その場できみを奪おうとでもするように、彼がきみを壁に押しつけているのを目撃したのが僕じゃなくて、ルーシーだったら、どうなったと思う？」

「こっそりニックに会いに出かけたんじゃないわ！　たまたま出会っただけよ。彼はわざとあんなふうにキスしたのよ。あなたを見かけたせいで、挑発したくなったんだわ。彼とベッドをともにする気はないと言ってやったものだから、腹を立てているのよ。今は、彼も私を傷つけたいと思っているし、あなたのことも攻撃したがってるわ！」

　頭のなかに浮かんだ二つのイメージのせいで、ジュリアはかすかに震えていた。サイラスの非難に対する憤り、そして、むきだしにされたヒップをさいなむようにセクシーに彼の手で叩かれながら身を振りほどこうともがいているイメージ。

「ブレインと偶然出会っただって？　今朝きみが街に出かける話をしていたとき、何か隠しごとをしているのは見え見えだった」

「だとしても、ニックとこっそり会うなんて、考えてもいないわ」

「だったら、どういうことだ？」

　ジュリアはニックのせいで落とした手提げバッグを見下ろした。

「靴よ」、気まずそうにつぶやく。

「靴？」サイラスは手提げバッグに目をやり、ジュリアの赤くなった顔を見てから、またバッグに視線を戻した。「靴を買いに行くのを僕に知られたくなかったのか？」

　ジュリアはただうなずいた。靴を見ると欲しくなる私の習性をサイラスが知らないというのなら、わざわざ教えてばかにされるまでもない。

「そろそろホテルに戻ったほうがいい」サイラスはバッグに手をかけた。

　すぐさまジュリアは彼を止めようとした。大切な品物は自分で管理したかった。

「ジュリア、僕にまかせて」サイラスは言い張り、彼女の腕をつかんだ。昨夜ニックに傷つけられたまさにその部分を。

　ジュリアはこらえきれずに、苦痛の小さなうめき声をもらした。

「どうした？」

　痣《あざ》になった部分はTシャツの袖《そで》になんとか隠れていた。少なくとも、サイラスが袖を押しあげて痣をむきだしにするまでは。

「誰のしわざだ？」静かな詰問口調だった。

ジュリアはあえて嘘をつくことまで考えられなかった。「ニックよ」声が震える。「ゆうべ、私が拒んだものだから……」

「それでやつはこんなまねを？」

サイラスは広場の向こうの、ニックが歩み去っていった方角に目をやった。

ジュリアは制するようにサイラスの腕に手をかけた。「彼だって私に怪我《けが》をさせるつもりじゃなかったのよ、サイラス」

「だけど、実際に怪我をさせているじゃないか。腕が青紫になっている」

ジュリアは笑いだした。

「何がおかしい？」

「あなたに言わせれば、私のお尻がそうなるべきだったんでしょう」

サイラスは手提げバッグを下ろした。「きみはちょっぴりお仕置きされるのがエロティックなことだと思っているように聞こえるけど」

「私にお仕置きをするって、たびたび口にするのは、あなたのほうよ」

「うーん。でも、いまだにお仕置きをしてくれないと僕を脅すのは、きみのほうだろう」サイラスがつぶやく。「それに、しょっちゅう僕を挑発するのもきみだし……」

「挑発ですって？」

「今朝はたしかに挑発したじゃないか。キュートで桃のようなかわいらしいお尻で」

「あなたは幼いって言ったくせに」ジュリアは口をとがらせた。

「たぶん、よく見ていなかったのかもしれない」

サイラスはジュリアに近づくと、彼女の背後に腕をまわして、引きしまったヒップを手に包む、というより、愛撫《あいぶ》を始めた。ジュリアは靴のことさえ忘れ、なすすべもなく彼にもたれた。

　これは断じて計画に入っていない。目を閉じているジュリアを見下ろしながら、サイラスはふと気づいた。僕の、いや、僕たちの子供は、結婚前にではなく、結婚後に作りたいと思っているのに。

　サイラスは頭を下げ、軽くキスをした。ジュリアが目を開けると、その目に失望の色が見えたが、それを無視してサイラスは彼女を放した。

「もうホテルに戻ろう。ルーシーが言っていたが、ティファニーから借りた例のネックレスが紛失してドーランドがやきもきしているらしい」

「まあ、ドーランドも気の毒に。でも、たぶんもう見つかっているんじゃないかしら。こんなことはしょっちゅうなのよ。ビッグスターは、誰が何をしているかわからないくらい大勢のお供を引きつれてくるから。きっと宣伝担当の誰かがどこかに保管しているんだと思うわ」

　時間を追うごとに、私はサイラスに性的魅力を感じていくようだ。ジュリアは内心認めた。それとも、自分で認めたくなかっただけで、いつも彼に惹《ひ》かれていたのかしら？

「あら、帰ってきたのね。ニックは何かドーランドを手伝えることがないか確かめに、ヴィラまで出かけたわ」二人がホテルに入っていくと、ルーシーが声をかけた。そしてジュリアが持っているバッグを見るなり、彼女は叫んだ。「ジュリア、もうこれ以上靴はだめよ！」

「お願い、見てから言って。甲の部分が申し分ない形なの」ジュリアは熱っぽくまくしたてた。「それにヒールも。一足はとてもキュートで、もう一足はものすごく細くて高いヒールなのよ」

「どうりで今朝、行き先も言わずに、出かけたはずね」ルーシーは非難した。「サイラス、彼女を抑えつけておく手段を考えたほうがいいわよ」わざと深刻そうな顔で警告する。

「ああ、そのようだな」サイラスも重々しくうなずいた。

しかしサイラスの目がいたずらっぽく光ったのを、ジュリアは見逃さなかった。それは、彼が思い描いているのが、靴の衝動買いを抑えつけるのとは関係ないことを告げている。

いったい私はどうなってしまったの？　でも、どうなってほしいかはわかっている。ジュリアは無念そうに認め、サイラスの秘密を暴露している部分を慎み深く、だが興味津々のまなざしで盗み見た。彼の欲望のあかしは、どれほどの高級仕立てであっても、完全には隠しきれていない。

サイラスと愛を交わす……。

「ジュリア、お願いだからそんな目でサイラスを見るのはやめてちょうだい。こっちまできまり悪くなるわ」ルーシーが笑った。

昼食のあとだった。ルーシーとニックは荷造りをするため、部屋に引きあげてしまった。ジュリアとサイラスは、ホテルの小さな庭で食事をとり、料理に合うようサイラスが買ってきたワインを空けたあとも、まだ外に残っていた。

「さあ、もう部屋に戻って荷造りしなければ。ナポリ行きの便は五時だから」ジュリアはそれとなく言ってみた。サイラスも一緒に部屋に戻ると言うかしら？　もし言ったら……。

「僕は何件か電話をかけるところがある」

ジュリアは失望を隠した。

「ところで、ゲストハウスのきみの予約はキャンセルしておいたよ。代わりにアルカディア・ホテルに僕たち二人分を予約した」

「アルカディア？　ポジターノでも最高級のホテルじゃないの。とんでもない宿泊費を請求されるわ。それにルーシーが――」

「そんなにあわてないでくれ。当然、代金は僕が持つから。それにルーシーは、ドーランドが出向いてくると言っていたのか？」

「ええ、三時ごろに」

　部屋に戻ったジュリアは、手早く効率的に荷造りをすませた。新しい靴を入れるゆとりはまだたっぷりある。海外で仕事をするときの定番の〝ユニフォーム〟は、今身につけているお気に入りのジーンズに、Tシャツとキャミソールを数枚、一日空いたときのための水着、ドレスアップする必要があるときに着る、小さく丸められる細身で飾り気のないジャージー素材のロングドレス。こうしたベーシックなものに加えて、カジュアルなショートパンツとボヘミアンタイプのラフなブラウス、それに合うふわりとしたスカートも。

　荷造りが終わり、ジュリアは腕時計を見た。シンプルだけれども、とても上品なカルティエ。初めて会社の利益が出たときに、ルーシーが気前よく、三人のために買うと言い張ったものだ。

　冗談や笑いにあふれ、幸せで浮き立つようだったあの日々。ジュリアは顔をしかめた。ビジネスの当初の成功も、続いて生じた財政上の問題がとって代わり、気の毒なルーシーは自分の信託財産を切り崩してプレタ・パーティの増資にまわさなければならなかった。ルーシーがあんなにストレスを抱えているように見えるのも無理はない。

　時間はそろそろ三時になろうとしている。階下に戻って、ドーランドの到着を待たなければならない。ドーランド主催の夏の終わりのパーティに必要な準備は、すでに当人があらかたすませていた。それでも、彼はどんなとるに足りないささいな事柄でも、騒ぎたてずにはいられない性分だ。ジュリアは毎日のように彼から緊急のメールを受けとっていた。

　ジュリアがちょうどエレベーターを降りて、色あせたほこりっぽい廊下に立ったとき、携帯電話が鳴りだした。

「ダーリン！」聞こえてきたのは母親の甲高い声だった。「サイラスとのことを教えてくれなかったなんて、悪い子ね。ミセス・ウィリアムズがあの有名人のゴシップ雑誌を買ってきて、あなたたちの記事を見せてくれたときは、最初、信じられなかったわ。二人ともすてきに写っていたけど、でも私にはショックだった。いえ、喜んでいないという意味じゃないのよ。もちろん、みんなとても喜んでいるわ。とりわけあなたのおじいさまはね」

　母はひとりでまくしたてている。

「写真を見て、すぐに車で飛んでいったの。おじいさまもそれは大喜びで、さっそく、あなたが生まれたときに買いこんだワインでお祝いしようと、バウアーズに言いつけたくらい。それが長年の夢でしたからね。もちろん、サイラスのお母さまのナンシーにも電話で知らせましたよ。うっかり時差を忘れていたんだけど、彼女も、それはもう興奮していたわ。もちろん、結婚式はアンバリーで挙げるのよね。日取りはまだ決めてないんでしょう？　冬の結婚式というのもいいものだと思うけど」

　サイラスは、ほかに誰もいない小さな中庭にいた。ジュリアは絶望的な気分で、とりもなおさず彼に知らせた。「たった今、母から電話があったの。私たちが結婚すると思いこんでいるわ」

　予想と違い、サイラスはショックを受けた様子もない。

　ジュリアはつけ加えた。「あなたのお母さまにも電話で話したみたい。おじいさまは大喜びで、私が生まれたときのワインでお祝いしようと、バウアーズに言いつけたんですって」

「あのシャトー・ディケム？」サイラスは感銘を受けたようだ。「それじゃ、よほどうれしかったんだろうな」

「えっ？　ええ、もちろん。母の話では、それが長年の夢だったんですって。だけど、そんなことはどうでもいいわ。私たち、実際には婚約していないのよ。そんな関係でさえないわ。本当のことがわかったら、おじいさまがどうなってしまうか、想像がつかないの？」

「ああ、きみの言うとおりだ。そんな事態を招いてはならない」

「サイラス……」

「だから、老伯爵のためにも、今はこの状況に合わせていくしかない」

「合わせていく？　母はもう結婚式の準備を始めているわ！」

「母親というのはそんなものさ」サイラスは重々しくうなずいた。

ジュリアは彼をにらみつけた。

「あなたは深刻に受け止めていないのね」

「だって、深刻なことじゃないからね」サイラスが言い返す。「いや、わかった。これは不運だったけど、しかし世界が終わるというわけじゃない。毎日、どこかで誰かが婚約している」

「それは、婚約する理由のある人たちの話よ」ジュリアは歯を食いしばった。「私たちにはそんなものないわ」

「たしかに。だけど、婚約しているという作り話を押しとおす理由はある」

「おじいさまのため？」

「そうとも。僕たちは現在〝婚約中〟だということを、老伯爵のために受け入れるしかない」

　ジュリアは鋭く息をのんだ。「でも、最終的には……」

「最終的には解決策を見つけなければならない」サイラスは穏やかに認めた。「僕たちによってか、あるいは、たぶん人生そのものによって」

　彼女がまじまじと見つめてくる。

「つまり、ひょっとしておじいさまが……その……おじいさまの心臓が丈夫じゃないことはわかっているけど——」

　ジュリアが言いおわらないうちに、中庭に通じるドアが開いて、ドーランドが現れた。

「例のダイヤモンドの件を聞いただろう？　いったい、どうして紛失したんだか。マルティナは、はずしたあと、たしかにケースに戻したと断言している。それからガードマンに渡してくれと、誰かに頼んだらしい。ただ見張っているだけのガードマンに、私は相当な額を支払ったというのに。しかし彼は受けとっていないと主張するし、マルティナは誰に頼んだか覚えていないと言う。で、私が思い出させようとするたびに、彼女は金切り声をあげる始末だ」

　ドーランドはなおもまくしたてた。

「ところが、信じられるか？　マルティナがネックレスをはずしていた時間に、ジョージのほうはウエイトレスを口説いていたらしい。私は五分おきにティファニーに電話して、あのネックレスに百万ドル支払うと交渉していたんだ。ありがたいことに、ジョージが結婚の誓いを再確認したまさにその夜、どうやって現行犯で見つかったか、特だねがとれてね。撮られた写真は見ものだぞ。ジョージとお相手の写真だ。女はダイヤのネックレス以外、何も身につけていないときている」

「ドーランド、あなたに言いたいことがあるわ」ジュリアが厳しい口調で迫った。

「え？」

「私の母の家政婦が『Aリスト・ライフ』誌の記事を母に見せたの。私とサイラスの写真入りの記事よ。それによると――」

「すまん、すまん。断りきれなかったんだ」ドーランドは少しもすまなそうではなく、むしろ自己満足している顔つきだ。「それほど心そそられるニュースだったからね。幸い、私が指示して撮らせたきみたちの写真はよく撮れていた。私が考えた記事の内容はこうだ。〝『Aリスト・ライフ』の有名なパーティガールのひとりが結婚を予定している。彼女の祖父アンバリー伯爵が喜ぶのは間違いない。なぜなら彼女の夫となる男性は、これまた彼の相続人、アメリカ人の億万長者サイラス・カボット・カーターだからだ〟きみたち、結婚式は当然アンバリーでするんだろうね？」期せずして、ドーランドはジュリアの母親の言葉を繰り返した。

「もちろん」サイラスが横から口を出した。「だけど、すぐにではない。ルーシーとの約束もあることだし」実際、僕が自分で計画したところで、最初からこれほどうまく運びはしなかっただろう、とサイラスは思った。

「ルーシー、出発間際なのはわかっているけど、少しだけいいかしら？」

「もちろん。ニックはスタッフと一緒にタクシーを拾いに行ったわ」

親友に嘘をつくのはなんとしても避けたい、とジュリアは願っていた。だが、彼女の祖父が、この見せかけの婚約の情報を『タイムズ』紙に送ってしまったのだ。ルーシーに黙っていたら、彼女は不審がるだろう。

「サイラスと私、婚約するの」

「ジュリア！」ルーシーはいきなり親友に腕をまわし、きつく抱きしめた。「うれしいわ。あなたたちはお互いに申し分ない相手ですもの。ああ、ジュリア、なんてわくわくするの。でも、今までひと言も言ってくれなかったわね……」

「何もかも突然だったの」ばつが悪そうに、ジュリアはもごもごとつぶやいた。少なくとも、突然だったことは本当だ。

このニュースを友達が喜んでくれていることは一目瞭然だった。それなのに、疲れたような表情は相変わらずだ。

「あなたも幸せなんでしょう、ルーシー？」ジュリアの質問はあまりにも唐突だった。「その……ニックと一緒で？」

「もちろんよ」ルーシーは即座に答えた。「どうしてそうじゃないと思うの？」

「よかったらちょっと話があるんだが、ブレイン」サイラスが静かに声をかけた。

彼がなんとかしてニックをつかまえようとしたのは初めてだった。

ニックは肩をすくめた。「いいとも」

サイラスは値踏みするようにニックを見た。この男も、ハンサムすぎる顔が弱さをほのめかすタイプのひとりなのだろうか？

「きみは今、ものすごく危険な綱渡りをしているようだな。人の結婚生活など、僕にはどうでもいいことだが、ジュリアの幸せには関心がある」

「ジュリアがあんたに何をしゃべったか知らないが、彼女は――」

「きみといい仲になることには関心がないと彼女は言おうとしたんだ。ひとつ親切心から忠告しておこう。きみは運がよかったと思うべきだ。きみはルーシーと結婚した。しかし図に乗らないほうがいい。さもないと、彼女との結婚生活は簡単に解消されるぞ」

「あんたもけっこうなご身分だな。莫大《ばくだい》な富を背景にして、大きな顔をしていられるとは」ニックは乱暴に吐き捨てた。「現実の社会がどんなものか、およそ知ることもないんだろう。もしもあんたにわかったら……」

「わかったとしても、女性が望んでいなければ、自分の欲求を満足させるために女性を利用するなんてまねはしない。金とモラルはまったく関係ない。誰もが選択の自由を持っているんだ」

「くそっ」ニックが立ち去る際に、小さく毒づくのが聞こえた。

サイラスの引き結んだ口元がこわばった。それはなにも、ニックの喧嘩《けんか》腰の態度のせいばかりではなかった。

僕はモラルの上では自分のほうがしっかりしているとブレインに断言した。たしかに、どんなかたちであれ、女性に暴力をふるったりはしない。だが母に言わせれば、僕もジュリアと結婚する計画を立てて、彼女を利用しているわけだ。

いや、実際的な男なら誰でも、僕たち二人の結婚はどちらのためにも大いにプラスになるという僕の考えにうなずいてくれるさ。もちろん、ベッドのなかでも外でも。お互いに満足いく性生活を共有できるかぎり、僕はずっと忠実な夫でいる。そしてジュリアがよそ見したくなる気にもならないくらい、彼女を満足させられる自信もある。

僕たちの結婚は、〝ロマンティックな恋〟を土台にしたものよりはるかに強力な土台のうえに築かれるのだ。ルーシーとブレインが結婚したあげくの悲劇を見るがいい。

5

サイラスと〝婚約〟していると、いろいろな利点があるものだ、とジュリアは思った。二人はお抱え運転手付きのリムジンでポジターノに向かっていた。なかでもいちばんの利点は、こんなふうに最高級の旅ができるということだ。

サイラスは威圧的で手ごわい男性だと思っている人が大勢いることは、ジュリアも知っている。感情を表に出さない実務家肌のところに、彼女はいつもいらいらさせられてきた。けれど、そんな実務一点張りの男性でも、ときにはうれしい特典がついてくる。ジュリアは自立した女性だと自負しているが、リムジンの後部席にゆったりと座って、すばらしいアマルフィの海岸線を眺めて過ごしているこの時間を、間違いなく楽しんでいた。

案の定、サイラスは仕事の手を休めることはなく、ノート型コンピュータでメールのやりとりをしている。そのあいだも、イタリア人気質《かたぎ》丸だしのとてつもなくマッチョな運転手は、対向車線を走っている大型バスをものともせずに車を飛ばしている。

「リラックスして」車が崖《がけ》を越えていくあいだ、ジュリアがはっきりわかるほど息をのむと、すかさずサイラスがつぶやいた。「僕たちの身が無事でなければチップが手に入らないってことは、運転手も承知しているさ」

サイラスが私の不安に気づいたなんて驚きだ。私が顔を向けても、彼は目もくれず、いつもメールに没頭しているのに。

「きみのおじいさんにメールしておいた。正式に彼の許可をもらわずに婚約してしまったことを詫《わ》びる内容だ。きみの性急さに負けてしまったと説明しておいたよ」

「私の性急さ？」

サイラスはにっこりした。

「僕が性急だったと説明しても、彼は信じないだろう。そうじゃないかい？　僕の母にもメールしておいた。ニューヨークの社交欄にも」

「あなたのお母さまにも、私の性急さのせいにしたんでしょう？」ジュリアは皮肉っぽく尋ねた。

「母には説明する必要ないさ」

その意味をジュリアが考えているうちに、サイラスがつけ加えた。

「いずれ婚約指輪が必要だが、老伯爵には、僕たちがニューヨークへ戻ってから用意すると知らせてある」

「サイラス、指輪なんて欲しくないわ」

「きみにはモンクフォードのダイヤモンドがふさわしい」

「え？」ジュリアはまじまじと彼を見た。「第六代伯爵が決闘までした、あのダイヤ？」

「自分の妻の名誉のために決闘した。それも妻が愚かにも指輪をはめたまま愛人に会いに行ったせいで。そう、そのリングだ。あれはわが一族に代々受け継がれてきた婚約指輪だ。今はきみがするのがふさわしいだろう」

「あなたはてっきり美術財団を運営しているんだと思っていたわ。家族が昔所有していた安ぴか物を回収するのに時間を費やしてるなんて」

「モンクフォードのダイヤは安ぴか物ではない。それどころか、非常に珍しくて歴史的な価値のある石だよ」

「永久につけるわけじゃなくて助かるわ。伯爵夫人の肖像画で見るような指輪だとしたら、とんでもなく醜悪に決まっているもの」ジュリアはばかにしたように言わずにいられなかった。

　やがて、二人の乗ったリムジンがポジターノに着いた。淡いパステルカラーの建物が丘の急斜面にしがみつくように並び、眼下には青く穏やかな地中海が広がっている。

　画家や詩人がこの土地に恋してしまうのもうなずける。車の窓から眺めながら、ジュリアは心のなかで賛嘆の声をもらした。シルヴァーウッド夫妻が初めて出会い、家族の特別な行事を祝おうとしている場所。二人がここへ来たいと思ったのも、もっともだ。

　ポジターノをよく訪れる夫妻には、いつも滞在するお気に入りのホテルがあった。ジュリアは交渉を重ね、海を見晴らすテラスに続く、ホテルのプライベートなダイニングルームを、お祝いのディナーの席としてなんとか借りきることができた。夏のシーズン最盛期でもあり、ダイニングルームと中庭《パティオ》の使用料として、ホテル側がかなりの額を要求してきたのも当然だった。

　車は向きを変え、〝世界第一級ホテル〟の文字が刻まれた控えめな装飾プレートの前を通過して、アルカディア・ホテルの玄関前にすべりこんだ。ここは十八世紀に個人の別荘《ヴィラ》として造られ、一九五〇年代にホテルとして開業したと聞いている。どうやら、各部屋は今も丹念に選んだ骨董《こっとう》品や美術品を飾った個人の邸宅風になっているらしく、ロビーがそれを裏づけている。

　二人はすぐにスイートルームに案内され、ジュリアは窓からの眺望に息をのんだ。きっとこのホテルは、ポジターノでも最高の眺望スポットのひとつに違いない。サイラスがポーターにチップを渡している傍らで、ジュリアは思った。

「なんてきれいなの」輝くように青い地中海から目を離せないまま、ジュリアはうっとりとつぶやいた。

「明日の予定は？」サイラスは景色を一瞥《いちべつ》しただけで、さっそくコンピュータに手を伸ばしている。

「一家は今日じゅうに着くことになっているの。ゲストも大半は夜までに到着するはずよ。明日は自家用ヨットを借りる手配をしてあるから、カプリ島に渡って、そこで昼食。夜はホテルでシャンパン・レセプション。なかにはカプリ島巡りにまにあわないお客さまもいるかもしれないから、翌日は希望者にアマルフィを見物してもらって、行かない人はホテルで用意するビュッフェ式の食事をとるの。そして、夜がいよいよメインイベントのディナーパーティというわけ」

「それでひととおりかい？」

「そうよ」ジュリアはまじめくさった顔でうなずいた。「もちろん、花の準備や、美容師、料理の手配といったことはこれからだけど。当然ワインも。それにプレゼントもここで買うわ」

サイラスも景色を眺めに来た。小さなバルコニーには余分なスペースなどなく、ジュリアの背後に立つしかなかった。サイラスの体から発する熱がジュリアに伝わるほどの近さだ。

「今夜は別々に寝るという取り決めは中止しよう」

「えっ？」ジュリアは思わず振り向きそうになった。だが、お互いの体がぶつかることに気づき、危うく踏みとどまった。「本当にすばらしい眺めね」気が動転し、突拍子もない声を出す。

「ああ、みごとだ」サイラスが優しくうなずき、腕をまわしてきた。しかも両腕を。

「こんなことよくないわ」ジュリアは動揺した声で警告した。

「よくない？　本気で言ってるのかい？」

サイラスがジュリアに横を向かせ、唇を触れあわせた。これほどクールで冷淡な男性が、どうしてこれほど温かく官能的な唇をしているの？　氷のそばにある火のように。それとも、私のお気に入りのデザート、冷たいアイスクリームにかけた熱いソースのよう。うーん、おいしい……。ちょうど私の唇に重なった彼の唇がまさにそんな味。

キスを味わいながらジュリアは吐息をもらし、さらにぴったりと体を寄せて彼の首に腕をまわした。

サイラスは一方の手を彼女の胸に当てて包みこむと、リズミカルに動かした。指先で胸の先端をさいなみ、それから手のひらをかぶせ、官能を刺激するように愛撫《あいぶ》する。しっかりと執拗《しつよう》に繰り返される愛撫に、ジュリアの体もリズミカルな動きに合わせて脈打ちはじめ、彼の親密な手の動きに本能的に応《こた》えたくなる。サイラスの熱くなった高まりを自分の手に包み、脈打つ硬さを探索し、彼が喜ぶのをこの目で見たい。

彼女が最後に男性とベッドをともにしたのは、はるか昔だった。そんな関係には煩わされないと信じていたが、今は違った。なぜなら、もはやサイラスなしではいられないほど夢中になっているから。

サイラス！

いきなりジュリアは唇を離した。

「どうした？」

「私たち、こんなことすべきじゃないわ」

「そんなことはないさ」サイラスは即座に言い返した。「僕たちは婚約しているんだよ」ジュリアが見上げると、サイラスはそっとつけ加えた。「もっと重要なのは、きみが求めているってことだ」

「あなたは？」

サイラスはジュリアの手をつかみ、彼女を見つめたまま、その手を自分の欲望の高まりに持っていった。ジュリアのなかで心臓が飛びはねた。

「どう思う？」サイラスがきく。

「私、そろそろ向こうのホテルに出かけてチェックしてこないと……」

「それは、こっそり出かけて靴の趣味を思う存分楽しんできたいがための、単なる口実かい？」サイラスがからかう。

靴の趣味？　ジュリアは思い出せなかった。それどころか、何も考えられない。何も身につけずに横たわったまま、サイラスのみごとなほどたくましい力強さに満たされ、下腹部のうずきを癒《いや》してもらうのはどんな感じかしら、ということ以外は。

「オーケー」ふいにサイラスの口調がきびきびとしたものになった。「じゃあ、荷物をほどいて、それから階下《した》に行って夕食をとろう」

荷物をほどく？　夕食？　私が今満たしたい飢餓感はひとつしかない。それに服は……。

サイラスは満足げな笑みを浮かべてジュリアを見守っていた。彼女は僕を欲しがっている。それも猛烈に。すばらしい。僕と結婚するよう説得する以前に、彼女と性的な関係を結んでしまうのは、最初に立てた作戦にはなかったことだ。つまり彼女と結婚するにあたって、性的な満足感は優先事項のなかでとくに高い位置を占めていなかった。しかし計画は変更可能だ。こんなにすばらしい機会を利用しない手があるだろうか？　利用することが双方にとってすこぶる快いものであるなら、なおのこと。

正直に言えば、欲望の高まりの強烈さに、サイラスは完全に不意をつかれていた。性的な自制心は彼の自慢だった。それが今、彼女の熱く潤った体のなかにゆっくり深々と沈みたいという欲求に、下腹部が緊張し、脈打っている。

ジュリアと結婚する計画を立てていなかったら、彼女に対する肉体的な欲求の激しさは問題になっていたかもしれない。サイラスは急に気づいた。僕の人生には、よけいな問題が入りこめる場所などないというのに。

サイラスの父親は二十五歳の誕生日を迎える前に

亡くなった。父から譲り受けた理事たちによる指導や教育を通して、サイラスは財団をどう保持していくかということばかりでなく、人生に対する保守的な態度を、ほとんど赤ん坊のときから吸収してきた。要するに、何よりも財団を優先させ、自制心を働かせて感情を押し殺し実際的でいるよう、育てられてきたのだ。父の代の理事たちもすでにこの世を去ったが、ジュリアを妻にしようという彼の決断は、きっと支持してくれたはずだ。男性の役割モデルを務めてくれた老人たちから学んだものを、サイラスは財産と考えていた。それを自分の息子たちにもちゃんと伝えていく心づもりでいる。

　彼は何を考えているのかしら。ジュリアはサイラスを見守っていた。彼も同じく、二人のあいだで起こったことに驚き、混乱しているのだろうか？

　これがサイラスの厄介な点だ。何を考えているかさっぱりわからないところが。

　ジュリアはバッグをつかみ、携帯電話を手探りした。マジョルカ島を出発する前は充電する時間もなく、電池を節約するために携帯電話の電源を切ってあった。

　バッグの底から携帯電話を引っ張りだして電源を入れる。そして、チェックすべきメールの多さに顔をしかめた。

　すぐにメッセージを確認しはじめたが、顧客からの件数がやけに多いことにジュリアは驚いた。

　調べていくうちに、驚きは心配に変わり、やがて信じがたい思いに愕然《がくぜん》となった。ジュリアはすばやくサイラスを振り向いた。

「私、あっちのホテルに出かけてくるわ。なんだか手違いがあったみたい。できるだけ早く片づけてしまわないと」

「手違いって？」

「お客さまがダイニングルームを下見したいとホテル側に頼んだら、ディナーパーティの予約はキャンセルされていると言われたそうなの。それで彼女はルーシーに問いあわせて、いったいどういうことかきこうと、二人して私をつかまえようとしていたみたい。私、さっそくあっちに行ってみるわ。明らかに何かの手違いがあったのよ。ダイニングルームとテラスを貸し切りにしてくれるよう、それは苦労してホテル側を説得したんですもの、その私がキャンセルするなんて、ありえないわ」

「僕も一緒に行こう」

「ありがとう。でも大丈夫」ジュリアはきっぱりと断った。「これは私の問題だもの。何か行き違いがあったことはたしかよ。あまり手間どらずに解決できればいいけど」

当のホテルまで歩いていっても大した距離ではなく、三十分後、ジュリアはホテルのフロントデスクの前に立っていた。彼女は、落ち着いたプロフェッショナルらしい声音になるよう努力しながら、自分が誰かをまず説明し、支配人に会わせてほしいと頼んだ。

フロントでたっぷり十五分待たされてから、支配人がようやくオフィスから現れ、無表情にジュリアを手招きした。

オフィスはなんの変哲もない部屋だった。大きなデスクが狭苦しい空間を圧倒し、支配人がジュリアに手ぶりで示した椅子は少し座り心地が悪く、低すぎた。一方、支配人自身の椅子は、本人が実際には持ちあわせていない高さを数センチ分水増しさせる格好になっている。

腰を下ろすなりジュリアは微笑を作り、何かの行き違いでホテル側に迷惑をかけたことをまず穏やかに謝罪した。

それから断固とした口調で主張した。「どこかで事務処理上のミスがあったと思われます。私はキャンセルなどしていませんから。覚えていらっしゃるでしょうが、最初に予約したときのこちらの条件は――」

「たしかに覚えていますよ。それに、今夜の経費の二分の一を先に手付金として支払っていただくことにしたのも覚えています」

「ええ、もちろんです。その条件はお客さまにも伝えて、了承していただきました」

不吉なことの前触れを思わせるように支配人の唇が引き結ばれた。

「しかし、守っていただけませんでしたね？」

ジュリアは眉をひそめたが、なんとか柔和な表情を保った。

「すみません、どういうことでしょう？」

「双方で了承した手付金は振りこんでもらえなかった。しかも、そちらに何度か送ったメールも無視されている。即刻支払ってもらえなければ予約はキャンセルするという旨を警告した、最終的なメールも含めて」

ジュリアにはわけがわからなかった。夫妻から小切手を受けとったことも、経理担当のニックにそれを渡したことも、はっきり覚えている。ニックは小切手をひとまず会社の銀行口座に入金し、そこからホテルに振りこんだはず。これまでずっと、そういう手順でやってきたのだ。

「重ねてお詫びいたします」ジュリアは低い声で謝った。「ですが、明らかに何かの手違いがあったようです……」

「こちらに手違いはありません」支配人の声は冷たかった。「手前どもはおたくに何度かメールを送って、手付金の支払いを請求したのに、一度も返事をちょうだいしていないんですからね」

ジュリアは冷たい指に心臓をわしづかみにされた

気がした。「きっとうちの通信端末に不具合があったのでしょう。もちろん、そのことはお詫びいたします。ロンドンに戻りしだい、原因をきちんと調査します。さしあたっては、ご夫妻の希望どおりにパーティが行われるよう、私たちはできるかぎりのことをするべきだと思いますが」

支配人ははねつけるように肩をすくめた。「その件ですが、ご夫妻にはダイニングルームの貸し切りは無理だと、すでに伝えてあります。今さら、お客さまが要望されたとおりの料理は準備できませんからね」

ジュリアは少し気分が悪くなってきた。この期に及んで、ホテルのダイニングルームが使えないばかりか、こまかいところまでプランを練ったディナーが用意できないことを、夫人に伝えなければならないのだ。それはプレタ・パーティ社の評判がダメージをこうむるばかりではなく、シルヴァーウッド夫妻にとって特別なイベントになるべきものが台なしになってしまうのだ。

「シニョーレ、お願いですから」

「いいえ、残念ながら、お引き受けできません」

支配人はもう立ちあがっていた。というより、断固とした足取りでドアに向かっている。ジュリアを追い払おうとしているのだ。しかし、ドアまで行き着かないうちに、動転したミセス・シルヴァーウッドが、制止しようとする受付係を振りきり、決然とオフィスに入ってきた。

「ジュリア、いったいどうなっているの？」前置きなしに夫人が詰め寄った。「ホテルのダイニングルームを貸し切りにしてもらうと、請けあってくれたわよね？　でも、シニョール・バルトーリは、予約はキャンセルされたの一点張りなのよ」

サイラスは腕時計に目をやった。もうシャワーを浴びて着替えをすませ、メールも処理した。いつでもディナーにとりかかれる状態だ。ジュリアが出かけて一時間以上たつのに、まだ帰ってこない。ささいな行き違いを正すにしては長すぎる。

サイラスが歩いて当のホテルに着いたのは、十五分後だった。そしてきっかり十五秒で迷惑顔の受付係を説得し、支配人室に入ることを認めさせてしまった。

受付係がドアも開けないうちに、なかから甲高い声が聞こえてきた。

罠《わな》にかかったような表情の青ざめた顔でジュリアは部屋の隅に立っていた。まくしたてる支配人を前に、ジュリアの顧客とおぼしき女性が椅子に座り、自分のパーティが台なしになった理由を、すすり泣きながら問いただしている。

「シニョール・バルトーリ？」

サイラスの呼びかけに、部屋にいた三人がいっせいに顔を向けた。サイラスはまずジュリアを見た。彼女は驚きに打たれた表情で、目を見開いている。

「いったい誰なんだ？」腹を立てた支配人が、突然の闖入《ちんにゅう》者に険しい口調で迫った。「きみも、ダイニングルームの席に着いた客をほうりだして、代わりに手付金も払わないパーティ客を収容させろと主張するつもりなら——」

「僕はジュリアの婚約者です」サイラスは穏やかな口調でさえぎった。「どうでしょう、シニョーレ、ここはひとつ男同士で話しあってみては。この窮状の打開策として、相互に受け入れられる案がきっとあるはずです。それにシニョーレなら、祝賀パーティとは関係ない客に状況を説明する技量も持ちあわせていらっしゃるでしょうから、客もきっと寛大なところを見せて、一家のためにほかでディナーをとることに同意してくれるでしょう。実は、僕が宿泊しているアルカディア・ホテルの支配人にはもう話をつけてある。おたくの客があちらで食事をとることは了解ずみです。僕の負担でね」

サイラスは支配人に顔を向けたまま、ジュリアに言った。

「夫人は元気づけのシャンパンを一杯飲みたいんじゃないかな、ジュリア？　そのあいだに、この件について支配人と検討しよう」

午後十時。二人はレストランのテーブルに向かいあって座っていた。

「僕がしたことの何が信じられないって？」

「わかっているくせに！　シニョール・バルトーリの気持ちを変えさせるために、当初の請求額に二万ユーロも上乗せしたことよ」ジュリアは信じられないというように首を振った。

「それのどこがいけないんだ？」

「さあね。うちの会社のシステムは、顧客のために使った額はすべて、会社経由で顧客自身が支払うことになっているのよ。そんなふうにして、会社の諸経費を抑え、顧客のほうは経費がどのくらいかかるか、正確にわかるという仕組みなの。うちが顧客に請求するのは、イベントの企画演出としての専門的サービスの代金だけよ」

「きみはメールを受けとった時点で、起こりうる問題に気づいているべきだったんだ」

「メールを見ていればね。でも、見ていなかったから……」ウエイターが料理を運んできたので、ジュリアは言葉を切り、微笑を向けた。

支配人の気持ちを変えるために上乗せして支払ったことで、問題はすべて片づいた、サイラスはそう思っているらしい。だがジュリアのほうは、それだけの金額をいったいどうやってサイラスに返済したものか、気分が悪くなるほど悩んでいた。会社にそんな余裕はない。今や破産寸前だと、ルーシーから不安そうに打ち明けられている。ましてや利益など出ているはずがない。

　ジュリアがスープにスプーンを浸したまま、口に運ぼうとしないのを、サイラスはしばらく見守っていた。「どこか具合でも悪いのかい？」

「別に。あまりおなかがすいてないだけ」

「この前食べたのは十二時間も前だよ。すいてないはずがないだろう」

「きっと疲れているんだわ。かまわなければ、もう部屋に戻って……ベッドに入りたいんだけど」

　サイラスは小さく肩をすくめた。

「そうしたいなら、止めないよ」

　僕が望んでいたのはディナーだ。食事の同伴者ではなく。ジュリアが椅子を押して立ちあがるのを見ながら、サイラスは自分に言い聞かせた。今ちらっと、鋭利なナイフがかすめたような感覚、ほとんど苦痛にも似た何かを感じたが、苦痛ではない。ジュリアはやっぱりジュリアだということで生じた突発的ないらだちにすぎない。

　ジュリアは自分が紙に書いた数字をじっと見つめていた。頭がずきずきして、吐き気もする。どうやってみても、二万ユーロの金額を捻出《ねんしゅつ》するのは不可能だ。借金はしたくないし、クレジットカードも持っていない。靴に無駄づかいばかりしてきたせいで、貯金もゼロだ。家族は裕福でも、アンバリーの領地やジュリアが住んでいるロンドンのフラットといった資産の運用に、そっくりお金をつぎこんでいる。それに資産は未来の伯爵のために保管しなければならない。勝手に売却できるものではないのだ。ローンを組むといっても、担保にできる資産もないありさまだ。

　サイラスはワイングラスの中身をじっと見つめた。

まろやかな味を約束する芳醇《ほうじゅん》な香りが漂っている。だが、なぜか飲む気になれない。ジュリアがさっさと部屋に戻ってしまったからか？　別にひとりで食べるのがいやなわけじゃない。目の前には、好みの焼き加減のステーキが置かれている。でも、きっとおがくずのような味しかしないだろう。サイラスは皿を押しやり、ウエイターを呼んだ。

　ホテルのエレベーターでスイートルームに向かいながら、いったい僕はどうなってしまったんだとサイラスは自問した。なぜ、あのままレストランに残って食事を続けなかったんだ？　どうしてジュリアがいないと、料理も、この夕べも、味わいを失い、気の抜けたつまらないものになってしまうのだろう。

　サイラスが目の前に立つまで、ジュリアは紙に書いた数字に気をとられていて、部屋のドアが開いたことに気づかなかった。

「これはなんだ？」サイラスが紙をとりあげ、しげしげと眺めた。

「なんでもないわ」ジュリアは嘘《うそ》をついた。

　だが、サイラスは耳を貸そうとしない。紙片に繰り返し書き連ねられた小さな数字をじっと見つめている。

「まさか、僕がきみに金を返してもらうつもりでいると思っているんじゃないだろうな？」サイラスは語気鋭く尋ねた。

「思うに決まっているでしょう。誰だって借りたお金は返さなければ。ルーシーに頼めないのはわかっているの。会社はかろうじて倒産を免れている状態だから。会社が無理なら、当然、私に弁済する義務があるわ。シルヴァーウッド夫妻のイベントは私が受けた注文だもの」

　サイラスはいきなり、紙切れを乱暴にねじってくずかごにほうり投げた。それを見て、ジュリアは目を丸くした。

「きみは僕の婚約者だ、忘れたのか？　支配人に払った金は、僕の婚約者が困って苦しんでいるのを見たくなかったから、支払ったまでだ。きみのためだけでなく、僕自身のためでもあったんだ。これはルーシーが知る必要のないことだし、ましてや僕に返す必要なんてまったくない」サイラスはむっつりとした顔で言った。

「でも、私たちの婚約は本物じゃないのよ」ジュリアは指摘した。「仮に本物だったとしても、それでも私はあなたにちゃんと返したいわ」

サイラスは彼女を見つめた。「どうして？」

「どうしてって、そうしたいからよ。経済的なことでも、ほかのどんなことでも、人が人を利用するとき、それが人間関係に及ぼすものがいやだから。そんなふうだったら、どうやって私はあなたに敬意を払ってもらえるの？　経済的にあなたに支えられたままで、私はどうやって自分自身を尊敬できるの？　たしかにお金の面では、私はあなたに太刀打ちできないわ、サイラス。でも、もし私たちが本当のカップルだったら、お互いに敬意を払う立場でいたいの。それに……ほかの面もすべて……」

サイラスはジュリアの言葉を頭のなかで反芻《はんすう》した。驚いた。靴を見るとつい買ってしまう癖のある若い女性が、これほど深く根づいた責任感やプライドをはっきり示せるとは。僕は彼女のことをどれだけ知っていたのだろう？

「きみの客は小切手を送ったと主張しているし、その小切手が換金されているのなら、経理上なんらかの手違いがあったんだろう。その金はプレタ・パーティの口座のどこかにあるはずだ。会社の経理は誰が担当しているんだ？」

ジュリアはゆっくり息を吐きだし、しぶしぶ言った。「ニックよ」

「ブレイン？」サイラスの口調が鋭くなった。

ジュリアは、あるいは自分が間違っているかもしれないと思い、胸に芽生えつつある疑念を口にするのをためらった。なるほど、性的な関係を進めようとしたニックを私が拒んだから、彼は根に持ち、私を罰するために脅そうとしたのかもしれない。でもニックがなんらかの方法で私宛《あて》のメールをこっそり操作したのだとしたら……それは自分の妻から盗みを働いたことにほかならない。どうしてそんなまねをするだろう？

「どうかしたのか？」ジュリアの表情が心配そうに陰ったのを見ていたサイラスが問いただした。

「ちょっとニックのことを考えていただけ」

6

ニックのことを考えていただって？　それはブレインが恋しいという意味ではない。そんなことはないと、ジュリアが言っていたじゃないか。彼女はこの僕に肉体的な反応を示している。それから判断しても、ありえないことだ。

サイラスは、自分と一緒にいる女性がほかの男に対する思いを口にするのを聞いたことがなかった。たしかに、今経験しているような感情に慣れていない。怒り、苦痛……嫉妬《しっと》？　自分のなかでいったい何が起こっているんだ？

彼女の言葉をどう判断すべきか、サイラスは迷っていた。そうとも知らず、ジュリアが大きく息を吸ってから気まずそうに尋ねた。「サイラス、ひょっとしてニックは……」

「ニックがどうしたって？　結婚生活がうまくいっていないから、彼はルーシーと別れてきみに乗り換えるべきだとでも？」サイラスの口ぶりは荒々しかった。

「私に乗り換える？　私はニックのことなんか求めていないって、前にも言ったでしょう！」

「それでも彼のことを考えずにいられないのか？」

「なんですって？　やめてよ！」ジュリアは激しく抗議した。「私が心配しているのはルーシーのことよ」

それでも、サイラスはまだ納得がいかない顔をしている。

「会社の経理はニックが担当しているから、だから彼が……」

頭にあることを口に出すのは難しかったが、サイラスの表情を見れば、黙っているわけにもいかなかった。私がニックを求めていると、サイラスに思わせておくわけにはいかない。

「こんなことを考えるのはばかげているかもしれないけど、どうしても気になって……」ああ、どう言えばいいの。「サイラス、ニックは何か不正を働いているとは思わない？」ジュリアは不安な思いで訴えるように問いかけた。

「ブレインが会社から横領しているかもしれないということか？」

「ええ。あ、いいえ、わからない。だって彼はルーシーと結婚しているのに、そんなことをする理由がある？　でも、ホテルからのメールを私が見ていないことはたしかよ。私が詳細を示す送り状と一緒に小切手をニックに渡したことも間違いないわ」

「きみ自身、会社は利益を出すのに四苦八苦していると言っていたね。たぶん状況はきみが思っているより悪化しているのかもしれない。ブレインは余裕がなくて、その手付金を払えなかっただけなんじゃないのかい？」

「それならそうと、どうしてニックは私に何も言ってくれなかったのかしら？　彼はポジターノまで私と一緒に来ないことになって、とても腹を立てていたの。それは、彼とベッドをともにするのはいやだと私が拒んだせいだと思っていたんだけど……。ああ、サイラス、どう考えたらいいのかしら。ルーシーは私の親友だし、プレタ・パーティは彼女の会社なのよ。彼女が傷つくなんてことは絶対にあってほしくないわ」

「僕がきちんと調査しようか？」

「どうかしら。たぶんそれは……ルーシーと話して、確認してからのほうがいいわ」

「ルーシーも関与しているかもしれないと心配しているのか？」

「まさか！　彼女が不正を働くわけがないもの」

「だけど、ブレインが何か不正を働いて、彼女を巻きこんだかもしれないとしたら？」

「ああ、わからない……ただ、今も言ったようにルーシーを傷つけるようなことはしたくないわ。彼女が気の毒だし、それに、少し後ろめたい気持ちもあるの。何しろ、私さえいなければ、ルーシーはニックに出会わなかったわけだから」

「それは考えすぎだ。きみがいなくても、彼女はブレインに出会っていたかもしれないじゃないか」

「私の願いは、その……」いきなりサイラスの腕に引き寄せられ、ジュリアの言葉がとぎれた。

「いい加減、プレタ・パーティのことは忘れて、こっちに集中したらどうだ？」

　あまりにいろいろなことが起こったせいで、この騒動が起こる前に味わっていた期待感や興奮はほとんど忘れかけていた。しかし、すっかりではなかった。そして今、それはたちまちにしてよみがえり、サイラスの徹底したキスに、ジュリアの喜びは前以上に熱く甘美になった。

「うーん」ジュリアは彼の首に両腕をからませ、ぴったり体を寄り添わせながら、ますます濃厚になっていくキスを味わった。サイラスの両手が彼女の胸の丸みを包みこむと、ジュリアの体に喜びがあふれた。

彼女自身の高まりも、熱く、激しく、すばやかった。閉じたまぶたの裏に、二人がともに横たわる官能的なイメージが浮かびあがる。わが物顔に彼女の体に触れるサイラスの両手と唇。硬くなった熱い胸の先端を彼の唇で愛撫《あいぶ》されながら、彼の下で切迫した欲求に身をくねらせている自分の姿。官能的な探索をしながら、彼女の両腿のあいだにもぐりこんでくる彼の手。

いいえ、そんなイメージを思い描く必要がどこにあるの。サイラスがとっくに、しかも効果的に始めているというのに。

サイラスは彼女の唇から口を離し、顎にキスをしている。ジュリアは自分の柔らかな喉に彼が唇を這《は》わせられるよう、頭をのけぞらせた。彼は唇を下へ下へと動かし、首の付け根まで這わせていった。その感じやすい部分に彼の温かい息がかかると、ジュリアはそれだけで狂おしい欲求にかりたてられ、身を震わせた。

なすすべもなく欲望をあおられながら、こんなふうに抱かれて、触れられ、キスされているのは、えもいわれぬほど官能的で、甘やかされている気がしてくる。ジュリアは喜びのため息をもらし、サイラスのうなじにかかる髪を指ですいた。彼の体は温かく、引きしまって、みごとなまでに男っぽく感じられる。しっくり合っている感じ、幸福感、これで正しいのだという感覚が、彼女の体の内側を撫《な》でるようにゆっくり広がっていく。ジュリアは繊細な指先で、彼の首筋を、それから固く力強い鎖骨をなぞり、女性とは違う男らしさを味わった。

「服を脱いでしまわないのか？」

「どうしてそう言わないのかしらって思っていたところよ」ジュリアはかすれた声で認めた。

サイラスが明かりを消した。しかし、バルコニーに通じるドアは開け放たれ、カーテンも引かれていない。空は星や満月で明るく輝き、ジュリアを見るには、二人に降りそそぐ銀色の光だけで充分すぎるほどだ。サイラスの目には、あらわになった彼女の胸がとっくに見えていた。濃いばら色の頂と対照的な、白いなめらかな肌。硬くなった頂を舌先でさいなみ、それからそっくり口に含むあいだ、彼女の体がわななく様子もはっきり見える。早くと懇願しながら彼女がもらす快感の狂おしい叫び声も、はっきり聞こえていた。

サイラスは何を待っているの？ジュリアは問いかけるように視線を上げて彼を見た。それから手を伸ばして彼の欲望のあかしに触れた。

ジュリアの指先が彼の高まりを探り、さいなむあいだ、その耐えがたいほどの快感を少しでも逃さないよう、サイラスはほとんど息すらせず、身をこわばらせてじっと立っていた。

サイラスが人生の贈り物をもらって感謝する必要を感じるのは、めったにあることではない。結局のところ、彼が携わっているのは実務であり、感情的な事柄ではないのだから。しかし、人生を高めるような特別なボーナスを思いがけず手に入れたのだと、ふいにサイラスは気づいた。僕はジュリアを求めている。彼女も僕を求めている。二人のあいだの欲望は、あまりに熱く、激しく、とてつもなく正しいもので、それだけでも、二人の結婚はほとんど不可欠なことだと思えてしまうほどだ。

ジュリアとの結婚を考えたときに何を思い描いたにしろ、こんなふうに感じるだろうということは、ちらとも浮かばなかった。しかし僕は今、そんなふうに感じている……。彼の脈打つ下半身を彼女の指先がゆっくりとリズミカルに愛撫するあいだ、サイラスは男としての喜びに、悩ましげなうめき声を低くもらした。するとジュリアはあいたほうの手を使って、ベルトのバックルをはずし、ズボンのファスナーを下げた。

ジュリアはお互いに脱がせたがっているのか？
そう、僕もだ。

その気になれば、サイラスは無謀にも独創的にもなれるのね。数秒とたたず、ジュリアは満足げに決めつけた。たちどころに、有無を言わさず、彼女は服をはぎとられていた。ほんの一分前、私はちゃんと服を着ていた。それが次の瞬間、床に膝をついているサイラスを前に、ちっぽけなレースの布を身につけただけで月の光の下に立っている。なぜなら、サイラスが、彼女の腰に当てていた両手の指を細いレースの下にすべりこませ、彼女のおなかの中心に舌先で円を描いているから。

サイラスは両手を彼女のヒップに動かし、その豊かな曲線を愛撫しつつ、同時に、彼女の秘めやかな部分を覆っているレースの際の熱いラインをさいなんだ。

それからヒップを包んでいた手をさらに動かし、腿を開かせて、内側の感じやすい肌を愛撫しはじめた。その感触に、ジュリアはそっと快感の吐息をもらした。

「ああ、サイラス……」

サイラスの指が彼女のしっとりとしたなかに分け入り、敏感な部分を愛撫すると、彼女の口からもれたうめき声は、どうしようもない快感の鋭いあえぎに変わった。そしてほとんど瞬時に、彼女の体は激しい喜びの震えにとらえられた。なすすべもなく身を震わせているジュリアをサイラスは抱きあげ、ベッドに運んだ。横たえられたジュリアは、彼が服を脱ぐのを見守った。

二人はお互いにずっと昔から知っているのに、彼の体は水着をつけている姿しか見たことがなかったとジュリアは気づいた。広い肩から平らな腹部に向かって徐々に細くなっていく彼の体を、かすかに日に焼けた体を、熱っぽい目でうれしそうに見つめる。

「うーん」ジュリアは手を伸ばして彼に触れ、甘えた声を出した。「とてもすばらしくてセクシーな体をしているのね、サイラス。見ているだけで、体の奥がとろけてしまいそう」

ジュリアが率直な物言いをする女性なのはサイラスも知っていた。彼女は思ったことをそのまま口にするタイプだ。しかし、率直な言い方をされるのがこんなにもうれしいとは知らなかった。しかも、彼女の褒め言葉に感謝するように、彼の〝すばらしくてセクシーな体〟のある部分はいちだんと硬く張りつめている。

「きみは僕の子供が欲しいのかい？」サイラスの耳にくぐもった声で尋ねる自分の声が聞こえた。

「サイラス……」ジュリアは抗議の声をあげようとした。だが、サイラスに何度も情熱的なキスを浴びせられ、ジュリアは何も言えず、何もできず、ただ彼に応《こた》えることしかできなかった。

「直接肌を合わせる感じがどんなにすばらしいか、忘れていたわ」心地よくサイラスに体を寄り添わせたまま、ジュリアは眠そうな声でつぶやいた。彼の胸に当てた手のひらに、絶頂感が去ってしだいに落ち着いてきた彼の鼓動が伝わってくる。

「この前愛を交わしてからずいぶんたっているという意味かい？」サイラスがさりげなく尋ねた。

「無限の時間がね」ジュリアは率直に認めた。「事実、いつ以来か、ほとんど思い出せないくらい。どんなものかは、あなたがわかっているとおりよ、サイラス。十代のころは、体じゅうでホルモンが飛びはねて、頭は異性のことでいっぱいなのに、その後、なぜか人生がそれにとって代わってしまうじゃない？　会社をスタートさせたり、経営するのを手伝ったりで、時間の大半を奪われてしまって、ほかのことに使う時間が残っていない。たとえベッドをともにしたい誰かに出会ったとしても、そんな時間はないわ」

「ブレインには出会ったじゃないか」

「だけど、ベッドをともにしないうちに、彼はルーシーに乗り換えてしまったもの」

「じゃあ、きみの情熱的な反応は、僕への欲望というより、欲求不満の表れなのか？」

「私が欲求不満だって、誰が言ったの？」

「きみさ」

「言ってないわ。私は、直接肌を合わせることがどんなにすばらしいか忘れていた、と言ったのよ。実際、あなたは本当にすばらしかった」ジュリアはそっとつぶやいた。「それどころか……」続きを言うのがためらわれる。

「それどころか？」彼女の顔が赤くなっているのに気づき、男としての興味と当惑にかられながらサイラスはうながした。

「それどころか、私がこれまで経験したなかでも最高だったわ」ジュリアはかすれた声で認めた。

肉体と感情の両面での興奮に、サイラスは喉がふさがれそうになった。一瞬胸の鼓動がほとんど止まったくらい、強烈な興奮だった。きっと、僕が目的を達するための申し分ないチャンスを与えられたことに気づいたせいで興奮したんだ。サイラスは冷静に自分に言い聞かせた。

「本当かい？　僕たちの偽装婚約を本物の結婚に変えてもいいと思わせるほど？」

「えっ？　また冗談を言って！」

サイラスは首を振った。「冗談なものか。完全にまじめだよ」心からの言葉だった。

「でも……でも、いったいどうして私と結婚したいと思ってるの？」ジュリアは額にしわを寄せ、かすかにしかめっ面を浮かべた。

「ああ、ありふれた理由だよ」サイラスは気軽な口調を装った。「きみは僕をその気にさせるし、僕に思いのままにさせてくれる。それにきみが絶頂に達したとき、〝サイ――ラス！〟って叫ぶ感じが気に入ってるんだ」

ジュリアは笑った。それから急に笑い声をのみこみ、心配そうな顔つきになった。

「私たち、避妊具を使わなかったわ。私はピルをのんでいないのよ。どうするの？」

「きみは子供が欲しくないのか？」

「もちろん、欲しいけど」〝私たち〟という表現を使ったことで、ジュリアの胸のなかは溶けたチョコレートのようになっていた。

「じゃあ、僕たちは何を待っているんだ？」

「サイラス！」向き直って腕を伸ばしてきたサイラスに、ジュリアはたしなめるように言った。

「わかったよ。たぶん、テント型のドレスを身にまとった花嫁が教会の通路を歩くというのは、いい考えではないかもしれない。避妊具を買ったほうがよさそうだ。そして結婚式の日取りを早めよう」

これまで、ジュリアにとってサイラスは、できるだけ会う機会を少なくしたい男性だった。それなのに、どうしてこんなことが起こりうるのだろう。たった二日で情熱的に恋をし、これから一生彼と過ごし、できれば彼の子供を産みたいと願っているとは。

それでもジュリアは、思い悩む暇もないほどすっかり幸福感に浸りきり、彼との愛の営みにのめりこんでいた。

私はサイラスから離れられなくなっている。ジュリアは上機嫌で自分自身に認めた。唇の端がゆっくりとカーブを描き、幸せそうな大きな笑みがのぞく。本当に私の頭には彼のことしかない。完全にのぼせあがっている。ジュリアは映画のヒロイン、ブリジット・ジョーンズ風の独身女性になった気分だった。二日で二十数回愛しあう、と自分の日記に記すタイプの女性。サイラスは最高の恋人に違いない。彼自身は、私のひたむきな情熱が、彼をこれまで達したこともないくらいの高みに押しあげたのだと、寛大にも言ってくれたけれど。

つい今朝も、彼はジュリアの頬を手のひらで包み、鼻にキスしながら優しくささやいた。〝いつまでもこの楽観的なものの見方を捨てないでくれ〟

楽観的なものの見方？　サイラスと恋に落ちるのがどんなにすてきか、ジュリアは充分わかっていた。だから、二人の関係が台なしになるような不愉快なことが待ち受けているはずもなかった。

「ねえ、ジュリア、今回のパーティがどんなにすばらしかったか、あなたに伝えたかしら？」招待客から離れてジュリアのそばに来たミセス・シルヴァーウッドが、感極まった面持ちで声をかけた。「何もかもあなたのフィアンセのおかげだわ。彼が支配人を説得して気持ちを軟化させてくれなかったら、私、何をしでかしていたことやら」

どうしてもディナーパーティに参加してほしいとミセス・シルヴァーウッドに言われたサイラスは、レストランの反対側でシャンパンを飲みほし、うれしそうにジュリアを見守っていた。ジュリアのおかげで、サイラスはこの二日間、これまでの全人生で笑った以上に笑った。これまでになく笑い、これまでになく何度も愛しあった。

　僕たちの子供も、母親の快活さやユーモア感覚を譲り受けてくれるといいが。サイラスは心から願った。僕たちの子供。たちまち欲望が体じゅうに張りつめ、サイラスは分別を働かせて人目につかない場所に退いていった。ジュリアとの愛の行為は、これまで経験したことのないようなものだった。際限なく彼女を堪能《たんのう》できた。そして体が十二分に喜びの声をあげると、過去に経験したのとは比べようもないほど強烈な満足感に浸れるのだ。

　ふいに二人をのみこんだ、お互いに対する性的な渇望感が、ジュリアと結婚しようというサイラスの決心に新たな切迫感をつけ加えた。この年末までにというのでは、あまりにも遅すぎる。サイラスは今すぐ彼女と結びつきたかった。できるだけしっかりと、そして永久的に。というわけで、ジュリアが今日の午後、ディナーの手配の最終的な確認をしているあいだ、サイラスは電話にかかりきりになっていた。その結果は、時間を費やしただけのかいがあった。ただし、サイラスが望んでいたものを手に入れるためには、アメリカ、イギリス、両大使に、少し圧力をかける必要があったが。あとはジュリアを説得するだけだ。

　すでに明け方の四時。ポジターノの人けのない通りを、サイラスとジュリアは腕を組んで自分たちのホテルに向かって歩いていた。

「シルヴァーウッド夫妻はパーティの運び具合にとても満足していたようだな」

「ええ、あなたのおかげよ、サイラス。きのう、ホテルのシェフが腹を立てて職場を放棄すると脅したとき、私は死ぬ思いだったわ。アルカディア・ホテルのシェフが喜んで引き受けてくれるらしいと彼に思わせたのは、あなたがうまく機転を働かせてくれたおかげね」

　サイラスは笑った。「まあ、機転かもしれないけど、実際うまくいったな。ところで、マルベーリャで催されるドーランドのパーティまで、あと十日あるんだよね？」

「ええ、パーティは十日後よ。でも、すべてちゃんと手配されているか確認するには、余裕をもってあっちへ行かないと」

「どのくらい？」サイラスがきいた。「三日もあれば充分かな？」

「いざとなればね」ジュリアは同意した。「でもどうして？」

　もうほとんどホテルに着いていた。サイラスは歩みを止めてジュリアを影のなかに引っ張りこみ、手近な壁にもたれると、開いた両脚のあいだに彼女を引き寄せた。

　サイラスの香りが鼻をくすぐるだけで、ジュリアはたちどころに欲望をそそられてしまう。彼女は体をぴったりとサイラスに寄り添わせ、顔を上げてキスをねだった。

「ぐずぐずしてないで、もう結婚しよう」

　サイラスのくぐもった生々しい声に、ジュリアの体を喜びの震えが走り、胸がときめいた。

「いったい……どういうこと？」彼女はおぼつかない思いで尋ねた。

「ぐずぐずしてないで結婚してしまおうと言ったのさ。今すぐ結婚しよう。ここ、イタリアで」

　サイラスの言葉は蜜《みつ》のように甘くジュリアの耳に届き、わくわくするような喜びに胸が高鳴った。これまで、どちらも〝愛〟という言葉を口にしていない。だがサイラスを知っているジュリアには、こんなふうに結婚を急がせたくなっていること自体、彼がジュリアをどう思っているかを物語っているとわかっていた。けれど、そうはいっても……。

「サイラス、無理よ」彼女は反論した。

「無理じゃない。もう確認してあるんだ。一週間以内に結婚できる。僕たちの大使にもっと圧力をかければ、もっと早めることも可能だよ」

「どうしてそんなに急ぐの？」ふと彼をからかってみたくなった。「私が信用できない？」

サイラスが笑った。「いや、きみのことは信用しているよ。でも、僕たちのすさまじさに避妊具が耐えられるかどうかは怪しいからね」

ジュリアはくすくす笑った。

「それは信用できない……わね？」興奮ぎみに言う。

「きみは望んでるかい？」

ジュリアは目を閉じて、また開けた。

「私があなたの妻になって、この先一生、すばらしい愛の行為を保証してもらいたいと願っているかって、きいているの？　ええ、もちろんよ」彼女は大げさに請けあった。「でも家族は……おじいさまのことは？」

「アンバリーの教会で宗教的な祝福は受けられるさ。あらためて誓いの言葉も交わせるし、あとで正式な結婚披露宴も行える。きみが望んでいるのがそういうことならね」

「私が望んでいること？　私が望んでいるのはあなただけよ」ジュリアはすばりと言い、爪先立って彼にキスをした。

7

「私たちが実際に結婚の手続きをしているなんて、まだ信じられない」サイラスと並んで立ち、書類が確認されるのを待ちながら、ジュリアは神経質にささやいた。二人はアメリカ大使館の勧めで、国籍の違うカップルがイタリアで結婚するための複雑な手続きに精通しているイタリア人の役人に、あらかじめ相談しておいた。おかげでジュリアが感心するほどの迅速さで、必要な書類がすべてそろい、提出された。こうして、サイラスが提案した日から、あと一時間かそこらで五日後になるという今、二人は現実に結婚しようとしていた。

〝民事婚のかたちになる〟サイラスは前もってジュリアにそう告げていた。

〝あら。じゃあ、家で行う式がなんだろうと、ますます特別なものになるわね〟ジュリアはうれしそうに答えた。〝あなたが提案したように、アンバリーでまたあらためて愛の誓いを交わすことができるなんて、すてき。二度目の結婚式を挙げるような感じだわ〟

モンクフォードのダイヤモンドはニューヨークに置いたままだ。そこで今は、ローマの狭い通りに面した宝石店でサイラスと選んだ、プレーンな金の指輪だけで、一緒につけるはずだった婚約指輪はおあずけになっている。

互いに誓いの言葉を交わす際、熱い涙がジュリアの目にこみあげた。

ジュリアはサイラスの指に指輪をすべらせながら、心の内で彼に約束した。〝サイラス、あなたを永遠に愛するわ。

ただし指輪は今日だけのもので、イギリスに戻って老伯爵に結婚の報告をするまでは、つけずにいようと決めてある。

〝母の家政婦やドーランドのいまいましい雑誌を通じておじいさまが知ることになるのは、絶対にいやだもの〟この件を話しあったとき、ジュリアはサイラスに言った。

〝いいとも。僕はそれでかまわないさ〟サイラスは同意した。

私の夫。ジュリアは幸せに輝く顔でサイラスを見上げた。今夜はここローマに泊まり、明日、飛行機でスペインに向かうことになっている。すでにローマの最高級のホテルを予約してある。

「まっすぐホテルに向かおうと思っているんだ」サイラスが話しかけた。「何かしたいことがなければだけど」

「あなたとベッドに行く以外に？　そんなもの、何もないわ」ジュリアは首を振った。

ジュリアが一緒にいると、どんなに新鮮な気分になれるか、とサイラスは思った。彼女は心理戦を闘わせるようなことは一度もしない。彼に対する性的な欲望を、こんなふうに開けっぴろげに示すジュリアが、サイラスは大いに気に入っていた。とはいっても、二人は性的な欲望だけでつながっているのではない。アンバリーをのちの世代のために残していくことにも、ジュリアは情熱的に打ちこんでいる。それも博物館的なものとして保存するということではなく。

「今日あるようなアンバリー、本物のアンバリーは、各世代があそこで生活してきたからこそ、つまり、あそこが本物のわが家でありつづけたからこそよ。創建当時のまま残してきたからではなくてね。おじいさまが年に一回、屋敷を公開していることは知っているわ。いくつもある広間や寝室以外の部屋は、生活するには広すぎるということも……」

「だったら、そういう部屋はどうするのがいいと思う？」サイラスが尋ねた。

「そうね、たとえば、〝緑の客間〟では音楽の夕べを催すことができるわ。ヘンデルが自分の作品を作ったような環境のなかで、若い音楽家たちがヘンデルの音楽を演奏できるように。図書室では文芸書の朗読会ができるし。屋敷を利用して、ほかの人たちに有益なさまざまなことができるはずだわ……」

「僕の生活の基盤はニューヨークだよ」サイラスは彼女に思い起こさせた。「僕には美術財団に対する義務や責任がある」

「わかってるわ。アンバリーとニューヨークを行き来すればいいんじゃない？」

「そうだな」

ジュリアは鼻にしわを寄せ、ためらいがちに言った。「サイラス、私、財団の仕事のことはよく知らないの。正確なところ、どんなふうに運営されているのか。それに、もしできることがあるなら、私に何が手助けできるか、教えてもらわないと」

　そうとも、僕はジュリアと結婚しようと決めた自分の洞察力を自ら祝福する権利がある。サイラスは決めつけた。ジュリアの十八歳の誕生日に、母に言ったように、彼女は僕にとって申し分のない妻になるだろう。

　サイラスが二人のために予約したホテルは古くて優美な建物だった。静かな広場に向かって迷路のように走る狭い通りにひっそりとたたずんでいる。広場には、装飾的な噴水が華麗に彫刻された大理石の水盤に水をしたたらせ、同じく華麗な大理石の彫像が大理石の台座に立っている。こうした大理石だらけのいかめしい感じをやわらげるように、古典的な形の大きな壺《つぼ》には、一見無造作に生けられたたくさんの花があふれていた。

「今夜は部屋で食事をとろうと思っているんだ」ホテルのロビーに入りながら、サイラスはジュリアに言った。「でも、その前にきみに見せたいものがある」彼女の腕をとり、天井がアーチ状になっている薄暗い廊下へとうながしていく。そしていきなり足を止めた。「きみの帽子は？」

「ここよ」ジュリアは片手に持っていた帽子を見せた。たとえ略式でも、結婚式にこの美しい準正式な麦わら帽子をかぶると言い張ったとき、サイラスが笑うか、もしくは反対するだろうと彼女は思った。だがそのどちらでもなく、サイラスは承認のしるしに軽くうなずいただけだった。

　ぴかぴかに磨きあげられた重厚な両開きドアをサイラスは引き開けた。

　ドアの向こうにはまた別の廊下がのびている。廊下の壁は粗削りで、ほとんど自然のままの石を組んだ質素なものだ。漂う冷気にジュリアは身震いし、問いかけるようにサイラスを振り返った。

「このホテルには個人の礼拝堂があって、ホテルになる以前、この建物を所有していた家族がここでミサを行っていた。家族はこの建物を売却した際、礼拝堂内のキャンドルは常時ともしておくこと、そしてここへ来て祈りたい人たち、感謝を捧《ささ》げたい人たちのために、いつも開放しておくこと、という条件をつけたんだ」

　二人はまた別の大きな両開きドアの前に来た。ジュリアは少しためらい、サイラスを見上げた。

　サイラスはほほ笑み、手を伸ばして帽子をとると、そっと彼女の頭にかぶせた。

「それできみをここへ連れてきたんだ、ジュリア。感謝を捧げられるように。それに結婚の手続きをしているとき、きみのなかの一部はアンバリーの教会のことを思っていると感じたから」

サイラスがドアを開けた。奥のほうにキャンドルがともされていたが、ジュリアの目には感動の涙でぼやけて見えた。

　彼女の手をとり、サイラスは礼拝堂のなかに導いた。古い石造りの床に足音がこだまする。

　二人は空っぽの会衆席を通りすぎ、祭壇に向かった。反対側には、古いステンドグラスの窓がキャンドルの明かりを反射している。

　ジュリアは頭を下げた。サイラスはまだ彼女の手を握っている。ジュリアが見守っている前で、サイラスは二人の指輪をはずし、自分の指輪を彼女に渡した。

　無言のうちに二人は指輪を交換した。これ以上に深遠で意味深いことがあるかしら。子供のころに教えられたとおり、ジュリアはひざまずき、祈りを捧げた。これは家族の教会でもないし、家族の宗教でもないかもしれないけれど、その崇高さは彼女にも届き、天使の翼のように心に触れた。サイラスですら頭《こうべ》をたれている。ジュリアが味わっている畏怖《いふ》の念と謙虚さといったものをサイラスも同じく感じているようだ。

「サイラス、ありがとう」

　二人は自分たちのスイートルームに入ったところだった。サイラスはドアに鍵《かぎ》をかけながら、問いかけるように眉を動かした。「何が?」

「あなたがいろいろ私にしてくれたことよ。礼拝堂のこと。帽子のこと。私の気持ちをわかってくれていること。何もかも」

「それより、ディナーの前に着替えるなら、もう一時間もないよ」

　落胆するなんて愚かだ。サイラスが話題を変えたからといって傷つくのは、もっと愚かよ。私の感傷的な言葉が彼をいらだたせたかのように、彼が私の言葉をさえぎったからといって、傷つくなんて。礼拝堂のなかではサイラスがひどく身近な存在に感じられた。なのに今は、彼がどんなによそよそしいか、ジュリアはふいに気づいた。

サイラスの携帯電話が急に鳴りだした。彼は電話に応《こた》えようとしてくるりと振り向いたが、その前にジュリアは子供っぽい女性の声が叫んでいるのを聞いてしまった。

「サイラス……驚いた？　私、エイミーよ！」

無意識のうちにジュリアは体を緊張させた。しかしサイラスは向こうへ行ってしまい、バルコニーに出ながら低い声でしゃべっているので、話の中身までは聞きとれない。

エイミー・デトロワはニューヨーク社交界の名士の跡取り娘で、その奔放な性遍歴は社交界のあいだでもとかく噂《うわさ》になっている。

外のバルコニーでは、サイラスが指に力を入れて携帯電話を握りしめていた。新しい携帯電話の番号をどうしてエイミーが知っているのか、わけがわからない。別に、そこまで問いつめて時間を無駄にするつもりはないが。

「サイラス、なぜこんな仕打ちができたの？　私がこんなにあなたを愛していることを知っていながら、どうしてほかの女性と婚約できるの？　私は誰にもあなたを渡さないわ。わかってるでしょう？　サイラス、あなたは私のものよ！」

エイミーの声は甲高く、おなじみのヒステリックな調子になってきた。彼女の声を締めだそうとサイラスは電話を切ったが、金切り声は耳にこびりついていた。ジュリアにも聞こえただろうか？　サイラスは険しい顔で室内をうかがった。

「大丈夫なの？」サイラスが戻ってくると、ジュリアは精いっぱい軽い口調で尋ねた。

「大丈夫だよ」サイラスの声はそっけなかった。顔をしかめているのがジュリアにもわかる。「なんでそんなことをきくんだい？」

「別に理由なんてないわ」ジュリアは嘘《うそ》をついた。

彼女のこれまでの幸福感は泡と消えていた。サイラスは自分の殻に引きこもってしまった、それは先ほど電話してきた女性のせいだ。ジュリアは惨めな思いで認めた。

「実はエイミー・デトロワが企画しているチャリティパーティのチケットを買うと約束していたのに、すっかり忘れていたものだから」

ジュリアは無理に笑みを浮かべた。「以前、あなたがその女性とデートしていたのは知っているわ」必ず告げ口してくるニックのおかげで。

「エイミーとデートしたことなんか一度もない」サイラスは強く否定した。「彼女はただの知り合いだ。それだけだよ」

「でもビデオは？　あなたと彼女が……」ジュリアはうっかり口をすべらせた。

「あれは……」サイラスは言いかけて、口をつぐんだ。そして怒りのせいで高鳴る動悸《どうき》を静めようとした。

僕はエイミーの悪意と、ありもしない僕たちの関係について彼女がついた嘘に、永久に振りまわされなければならないのか？　関係といっても、彼女自身の想像の産物でしかないのに。

「この話はしたくない。ジュリア、僕はきみと結婚したんだ。それ自体、僕たちの関係できみが知るべきことを充分伝えているはずだ」サイラスの声はきびきびと鋭かった。

ジュリアは何も言わなかったが、サイラスが度が過ぎるくらい怒りに燃えていることに狼狽《ろうばい》した。彼らしくもない。行動の人である彼が隠しごとをしている？

いいえ、こんなことは深追いしたくない。ジュリアは断固自分に言い聞かせた。そうよ、追及なんてするものですか。

二人は部屋でおいしい料理を食べ、おしゃべりを楽しんだ。ジュリアはシャンパンを少し飲みすぎたかもしれないと思った。サイラスが彼女の手をとって引き寄せると、前触れのような興奮に、体の隅々までうずきだす。

さっきサイラスが受けた電話や電話してきた女性のことは、頭からきっぱりと消し去っていた。なんといっても、これは私の、いえ、私たちの結婚式の夜なのだから。ほかの女性にこの夜を台なしにされてたまるものですか。

「私たちが結婚したなんて、まだ信じられない」ジュリアはささやいた。「これだけ人がいるのに、そのなかであなたと私が結婚したなんて!」

サイラスの両手に顔を包まれ、ジュリアはそれ以上何も言えなくなった。サイラスがゆっくりと入念に、彼女の唇にキスを浴びせる。唇を押しあて、彼女の唇をあますところなく味わう。それから、舌の先でもっと深く探りはじめると、ジュリアはうめき声をもらし、彼にしがみついた。下着を身につけないでおこうと決めたのはいきすぎだったかしら。彼女は半信半疑だったが、ラップ式のきれいなシルクシフォンの化粧着を巻きつけただけで、ほかに何も身にまとっていなかった。

「きみは徹頭徹尾、官能主義者なんだね。自分でもわかってるかい?」サイラスは、シフォンで覆われた胸の先端に手のひらをゆっくり這《は》わせながら、くぐもった声で尋ねた。そしてリズミカルに動かす指のあいだでますます張りつめていく彼女の固い頂の感触を楽しみ、それと同じくらい彼女の目が快感に陰るのを楽しんでいた。

サイラスは薄い生地の前を開け、片手で彼女のヒップをつかむと、顔を下げてシフォンに覆われた片方の胸の頂を口に含み、舌先で愛撫《あいぶ》を始めた。官能的な喜びに、ジュリアはなすすべもなく身をよじらせた。

けれどその快感も、心待ちにしている部分を愛撫されたときの感触とは比べものにならなかった。サイラスの巧みな愛撫に、ジュリアは声をあげて身をのけぞらせた。彼女の秘めやかな部分にサイラスがなおも微妙なタッチで指を動かす。せっぱ詰まった懇願に、サイラスもようやく屈し、熱っぽく待ち望んでいるなかに指をすべりこませると、ジュリアは本当に失神してしまうのではないかと自分でも恐れるほどの激しい絶頂に達した。

「ああ、サイラス、すばらしかったわ」サイラスに抱きあげられ、ジュリアは身を震わせながら感極まってすすり泣いた。「完璧《かんぺき》よ。あなたと結婚するってことは、こんなふうになれることだなんて、誰が考えたかしら？」

「それは褒め言葉としてちょうだいするよ」サイラスはそっけなく答え、彼女を抱きあげて、人待ち顔のベッドに運んでいった。

身を乗りだすようにして彼にキスしながら、ジュリアは喉の奥で笑い声をたてた。

「ついでに、きみもちょうだいしよう。異議がなければね」

「異議はないわ。ただし警告しておくけど、こんな快感を迎えたあとでは、私はもう無理よ」

「賭《か》けるかい？」

サイラスがちょうど彼女に覆いかぶさったとき、電話が鳴りだした。ジュリアはたちどころに緊張した。またエイミーから？

サイラスはジュリアを放した。鳴っているのは彼の携帯電話ではないとジュリアが気づくと同時に、彼は部屋の電話に手を伸ばした。

「フロントからだった、車を予約したかどうかきいてきた。部屋を間違えていると言っておいたよ。さあ、どこまで進んでいたっけ？」サイラスがそっと尋ねた。

　そう、なんとしても、サイラスと楽しんでいるものを、エイミーのせいで台なしにしてはならない。サイラスの腕にまた引き寄せられながら、ジュリアは自分に言い聞かせ、きつく目を閉じた。二人のこと、二人で分かちあっていること以外、どんなことも、誰のことも考えないようにして。彼女の体にサイラスが両手をまわしている喜びに完全に没頭しながら。

　一時間後、二人で分かちあった絶頂感の最後の波が引いたあと、サイラスの腕にぴったり抱き寄せられたまま、ジュリアは至福のなかで、これ以上の幸せはありえないと決めつけた。さっき、あれほど電話のことで心配したなんて、ばかみたい。

　ジュリアはほとんど眠りに落ちようとしていた。と、ふいにある重大なことを思い出した。

「サイラス！」切迫した調子で彼女はあえいだ。

「どうした？」

「私たち、避妊具を使わなかったわ」

「ああ、使わなかったね？」

　私が彼の子供を妊娠するかもしれないという危険を冒しているのに、サイラスがそのことを心配していないとしたら、彼がほかの女性とかかわっている可能性はありえないということでしょう？　心配するなんて、ばかみたい。ジュリアはそう自分を納得させた。

8

マルベーリャの九月。うんざりするほどの観光客の群れが、騒々しい彼らの子供ともども姿を消す、夏最後の月。唯一やってくるのは、今こそがその時期と知っている金持ち連中、つまり、Aリストに名を連ねる人間だけ。少なくとも、ドーランドのパーティに招待されている客のあらかたはそう信じているだろう。ジュリアは皮肉まじりに思った。ちょうどお抱え運転手の運転するリムジンが、名士たちのための憩いの場、超豪華なホテルの玄関前に二人を送りこもうとしているところだった。ゴルフリゾート兼スパとして世界的に有名なアルフォンソ・クラブ、もしくはジ・アルフォンソ。内情に通じている人たちの大半がこのホテルについて言っているように、あるヨーロッパのプリンスが、もともとは個人の大農園、つまり田園にすぎなかったところから造りあげたリゾートだ。

おそらく大物の誰もが、遅かれ早かれ、このジ・アルフォンソに滞在することになるのだろう。有名人ご用達《ようたし》のファッショナブルな保養地は、ローマで二人が泊まったホテルとは格段の差だ。ジュリアの笑みがいっそう深まった。

サントロペやサンモリッツ、その他多くのすばらしい場所と同じく、マルベーリャも長い年月を通して格調高いステータスを保持してきた。ジュリアが思うに、世界じゅうで、三十代のふりをしている七十代の酔っ払った女性が大勢いるところは、おそらくアメリカのパームスプリングスを除いて、ここしかないだろう。夏のあいだ、彼女たちはとことん日光浴をしにやってくる。そして自分を大事にするために、かつ、次の年の夏にそなえるために、スイスのとある目立たないクリニックに逃げこむのだ。

サイラスは二人のためにホテルの別棟の別荘《ヴィラ》を予約していた。そこへ案内されながら、ジュリアは手持ちの服を増やすことをなんとか考えなければと思った。到着するリムジンのトランクからとりだされるルイ・ヴィトンの山に比べて、自分の小さなスーツケースがどんなにみすぼらしく見えたことか。ここに到着したときすでに、少なくとも三人の有名な映画スターと女性たちのグループ、そしてそれぞれの取り巻きを目にしていた。みんな、ドーランドのパーティに招待された人たちだろう。

うれしいことに、案内されたヴィラには専有の庭はもちろん、専有のプールまでついていた。

「まあ、サイラス、これほどだなんて」プールに通じる中庭《パティオ》のドアから見渡しながらジュリアはうれしそうに叫んだ。

「気に入るだろうと思ったよ」サイラスはジュリアを笑わせ、同時に顔を赤らめさせた。

「たしかに私はあなたと一緒に水着もつけずに泳いで、そのあと、広々とした戸外で愛しあいたいだなんて、うっかり口をすべらせたけど、なにも実現させる手段を見つけてくれという意味じゃなかったのに」

「じゃあ、僕が手段を見つけた今は、きみの気が変わったという意味かい？」

「とんでもない」ジュリアは猛烈に抗議した。「でも、あとでドーランドを捜しに行かなければ。ポジターノで味わったようなショックや行き違いはもうたくさん。あんなことが実際に起こったなんて、まだ信じられない」そこでふとサイラスの表情に気づいた。「あら、何かあったの？」

「ブレインとプレタ・パーティの両方を慎重に調査するよう頼んだ男から、メールを受けとった」

「それで？」

「ひとまずゆっくりしよう。おなかがすいただろう。何かルームサービスを頼もうか」

「いいえ、お願い。今、話して」サイラスが何も言わなければよかったと後悔していることは、その表情から読みとれる。「私をかばいたいのはわかるわ。でも、私はもうちっちゃな女の子じゃないのよ。それに、ルーシーは私の友達だもの」

「わかった。だけど、まずは座ろう」

サイラスは座り心地のよさそうな安楽椅子に腰を下ろし、ジュリアは椅子の肘掛けに腰かけた。口のなかがからからになってくる。

「僕の情報源が突き止めたことから判断して……ちなみに、以前、ある微妙な問題を調べてもらうためにその男を雇ったことがあるんだが、彼の調査によれば、プレタ・パーティは重大な財政上の問題を抱えているらしい」

「まあ」ジュリアは指先を唇に当て、苦悩に瞳を陰らせた。

「それどころか、ブレインはどうやら商売上の金を搾取している節がある。ルーシー自身の金も」

「まさか！　ルーシーが気の毒だわ。でも、どうしてそんなことができるの？　ルーシーは管財人のマーカス・キャニングから承認をもらえないと、しょっちゅうこぼしているのに。自分の信託財産にも触れさせてもらえないって」

「たぶんそうなんだろう。でもブレインが、彼女がプレタ・パーティの当座借り越しの保証人になることは許している。どういうことかというと、銀行側は、彼女の信託財産を通じて当座借り越しを決済するよう、彼女に要求できるってわけだ。僕の情報源が突き止めたところによれば、ブレインはプレタ・パーティの金を相当額引きだしている。そのせいで、ルーシーが清算しなければならない当座借り越しが生じているんだ。だけど実際問題、ブレインがそういう大金を引きださなければならない商売上の理由は見つからないらしい。僕の情報源は、彼がポケットマネーにしているんじゃないかと疑っている。夫のしていることをルーシーが気づいていないとすればだが」

「ニックのしていることをルーシーが知ったら、どんな恐ろしいことになるかしら」

「そうだな。でも、きみは介入できないんだから」

「サイラス、彼女は私の親友なのよ」ジュリアは抗議した。「ルーシーとカーリーと私の三人は姉妹も同然だったの。彼女がニックに打ちのめされるまま、ただ傍観しているなんて、できないわ」

「僕がきみに話したことは、現段階では、まだ僕の情報源が知らせてくれた意見にすぎない。きみが今ルーシーに話して、彼女がきみの話を信じようとしなかったら、どうなると思う？　ブレインは彼女の夫なんだ。彼女はブレインに首ったけなんだよ」

「でも、私たちにもできることが何かあるはずよ」

「僕のほうから、彼女の管財人にきちんと説明することはできるかもしれない」

「マーカス・キャニングに？　ルーシーは彼を嫌ってるわ」

「おそらく。それでも、彼女のためにこの状況を処理できる最適な人物は彼しかいない。僕の情報源には、再確認して、折り返し報告するよう指示してある。報告が来るまで、ぼくたちには実際何もできないさ。今回のドーランドのパーティは、支払いに関してブレインがすることになっているのかい？」

「いいえ、ドーランドが自分で何もかも支払っているわ。私の役目は、どちらかといえば、このパーティのホステス役というところなの」

「もしもドーランドがプレタ・パーティに金を渡しているとすれば、その金はブレインの懐に直行しそうだな。結果的に、ポジターノで起こったことの二の舞になってしまう」

「それはないわ。間違いなくドーランドが何もかも支払っているもの」ジュリアはサイラスに請けあい、ほっとしてつけ加えた。「ありがたいことにね」

　数時間後、依然としてルーシーのことを心配しつつ、ジュリアはドーランドの部屋をノックした。

「やあ、ジュリア！　なんと、すばらしい宝石はつけていないのか？」ドーランド自らドアを開け、真っ先に彼女の左手を調べた。「婚約は中止したなんて言わないでくれ」

「それはまだよ」ジュリアは笑いながら、いたずらっぽく答えた。本当はサイラスと結婚したという事実を、どんなかたちでもドーランドにほのめかすつもりはなかった。もちろん、結婚した理由を彼に憶測されてはならない。

　ドーランドは口をとがらせ、それから彼女に向けてまつげをぱちぱちさせた。ジュリアにはつけまつげに見えた。しかも青緑色の。

「彼は例の先祖伝来の宝石できみを飾りたてるかと思っていたが」

「宝石といえば、例のティファニーのネックレスは見つかったの？」

「いや。そのことで、ティファニーは私におそろしく不快な態度をとっている。まったく信じられん。しかし、今はそれより、私の豪勢なパーティのことを話したいんだ。誰も彼もがやってくる……ある有名なヨーロッパのプリンセス、それ以上に名の知れたハリウッドのカップル……。誰かは今にわかるさ。有名すぎて、小声で名前を言うのもはばかられる名士たちだ」ドーランドはわざと遠慮がちにつけ加えた。「つまり、Aリストの有名人は全員集合するというわけだ。ある有名サッカー選手の夫婦もな。いったいこの夫妻が誰を連れてくると思う？」

「まあ……誰かしら？」ジュリアは律儀に尋ねた。

「ジョン・ベルトンだよ！」

超有名なポップシンガーの名前に、ジュリアはそれなりに感心してみせた。

「さて、ジュリア、仕事の話もしなければ。ピアノの手配についてはホテル側に話してある。しかし考えているんだが、風船にピアノのモチーフをプリントしたら面白いんじゃないかな。黒い風船に白いピアノの模様をプリントする。そして、ちっちゃなラインストーンをちりばめるのさ。とてもレトロで、とてもリベラーチェ風じゃないか。ああ、目に見えるようだ！」ドーランドは〝ラスベガスの帝王〟と呼ばれた、派手なことで有名なピアニストの名を引きあいに出した。

「それはちょっとやりすぎじゃないかしら？」

「ジュリア、私はドーランド・チェスターフィールドだよ。私にとって度が過ぎるなんてことは何もないのさ」ドーランドは芝居がかって言った。

「どんな具合だい？」

ジュリアが首を振ると、サイラスは手を伸ばして彼女の手をぎゅっと握った。ジュリアがようやくドーランドの部屋から出てくるまで、サイラスはずっと待っていたのだ。二人は今、ホテルの庭を通ってヴィラに戻るところだった。

「ドーランドったら、つけまつげをしているの。青緑色のつけまつげよ。どうやら、パーティのために青緑色のコンタクトレンズもはめるみたい。それに、日焼けに見せかけるためのスプレーまで吹きつけるんですって」

「なんだか最悪な予感がしてきたな」サイラスが皮肉っぽくつぶやいた。

「白のスーツに合わせて、ロベルト・カヴァーリのシャツも特注したらしいの」

　サイラスが体を震わせて笑うのが、ジュリアにも伝わってきた。

「サイラス、笑いごとじゃないわ。彼は白いプードルも買ったのよ。それにダイヤとトルコ石をはめた首輪《カラー》も」

「首飾り《カラー》を誰のためにだって？」

「もちろんプードルのためよ。少なくとも私はそう思っているけど。でも、まだ最悪なことがあるの」

「もっと最悪なこと？」

「彼はずっと、あのリベラーチェのことを話していたわ。サイラス、笑うのはやめてよ。サイラス！」

　いきなり足を止めて彼女を腕に引き寄せたサイラスに、ジュリアは抗議した。

「ヴィラはもうすぐそこなのに」ジュリアはかすれた声で言ったが、サイラスの両手はおかまいなく彼女を自分の体にぴったり寄り添わせている。

「そんなに長いこと待てないよ」

　サイラスの肌は暖かい夜気の香りがする。それに、まさに彼のものでしかないセクシーな香りも。彼女の唇をじらし、おだてるように愛撫《あいぶ》する彼の唇がひんやりと、ちょっぴり塩辛く感じられる。

　ジュリアは彼の首に腕を巻きつけ、舌先で彼の唇の形をなぞりながら、今はもうすっかりなじんだ、体の内側で沸きたつ官能の喜びに酔いしれた。私たちはいつもこんな感じでいられるとは、もちろん思わない。いつかはこの激しく酔いしれるほどの情熱も、衝撃にも近い喜びで満たしてくれるものではなくなり、温かく気楽で、なごむような満足感に変わっていくはず。いつの日か。今からずっとずっと遠い将来には。私たちが年老いたときに……。

　サイラスと一緒に老いていく。この先の人生をまるまる彼と一緒に。私はなんてラッキーなの。それになんて幸せなのかしら。ジュリアはさらにきつくサイラスを抱きしめ、情熱的にキスをし、それから喉の奥で喜びの低い音をたてた。サイラスが彼女のショートパンツに手をすべりこませたのだ。

「きみはこんなに……」

「わかってるわ……。ああ、サイラス……」

とっくにジュリアの体は、愛撫する彼の指に合わせてリズミカルに動いていた。そして彼の下腹部に手をすべらせていくと、期待感に身が震えた。

「サイラス、もう達してしまいそう」ジュリアは彼に警告した。

「いや、まだだめだ。その瞬間のきみを見ていたいから……」

サイラスはそっと指を離し、彼女に優しくキスをすると、体の横にぴったり抱き寄せたまま、ヴィラまでの最後の数メートルを歩いていった。

9

サイラスに寄り添ってベッドに横たわったジュリアは、早朝の日差しが彼の素肌を金色に染めて温かく愛撫《あいぶ》している様子を夢見心地で眺めていた。男性としてこれほど完璧《かんぺき》な肉体は、これまで見たこともなかった。彼を見ているだけで、驚嘆の念と幸福感で胸がいっぱいになる。

「今朝は早起きしたいと言ってなかったかな。ドーランドの大事な日だからって」

「うーん、言ったかもね」ジュリアはしぶしぶ認めた。

今日はパーティにほとんど一日じゅう時間を縛られそうだ。そこで、ジュリアはすべきことに全力であたり、そのあいだサイラスは自分自身の仕事に専念する。二人の意見はそれで一致していた。でも、まだいいわ。そう、まだ大丈夫。ジュリアはさらにぴったりとサイラスに身を寄せ、彼のむきだしの肩に舌でエロティックな線を描いた。それから耳たぶをそっと噛《か》み、耳元でささやく。

「私が何を描《か》いたか、当ててみて。間違ったら罰が待っているわよ」

「どんな罰？」

「私の脚をマッサージするか、それとも愛しあうか、どちらかよ」

「正解して、僕が勝ったら？」

「私の脚をマッサージして、愛しあうの。両方できるわ」ジュリアは寛大に言い、それからうっとりとつけ加えた。「あなたと愛しあって何回絶頂に達するか、回数を数えているのよ」

「どうして？　比較するためか、それとも子孫のため？」

ジュリアはくすくす笑った。「比較のためじゃないわ。あなたにかなう男性なんていないもの。ゆうべ、小さく何度も〝ああ〟ってもらした分もひとつずつ数えるべきだと思う？」

「どれくらいで二桁《けた》の数字に達するんだ？」サイラスが物憂げに尋ねた。

「そうね……小さくもらした〝ああ〟を数に入れれば、二桁を超えるわ。入れなくても、じきにその三倍に達するわね。あっ！」サイラスにむきだしの胸を、片方は舌で、もう一方は指で愛撫され、ジュリアは大きく息を吐きだした。

サイラスは彼女を引き寄せると、またベッドに仰向けになり、ジュリアは両手両膝をついたまま、のけぞるようにして彼にかぶさる格好になった。

彼のたしかな両手に導かれてジュリアが反応し、興奮するのを見守りながら、サイラスは彼女の比類なきすばらしさを痛切に意識した。女性と愛しあった経験なら何度もある。すばらしいセックスも経験している。だが、こんなふうに開けっぴろげに楽しそうに反応してくれる女性と愛しあったのは初めてだ。まったく気取りがなくて、彼女自身はっきり示したように心底幸せそうに反応してくれる女性と愛しあったのは。

「ああ、サイラス、見て！」息を切らして言うジュリアの声に、サイラスは頭のなかの思いをわきにどけて自分の体を見下ろした。そしてジュリアが彼の体の上でゆっくりと、うれしそうに、体を少しずつ沈めていくのを見守った。

ジュリアがまたほんのわずか体を沈ませ、そっと動くと、サイラスは思わず目を閉じ、精いっぱい自分を抑えようとした。

明らかにジュリアのほうは別のことを考えていたらしく、低く笑う声がサイラスの耳に聞こえた。同時に彼女はさらに深く激しく沈みこみ、ついにサイラスのコントロールは自身の熱い欲求にこなごなになった。ジュリアがうめき声をあげ、身をよじらせるあいだ、サイラスは両手で彼女のヒップをつかみ、何度も何度も突きあげた。

表面的には、ジュリアは自制のきいたビジネスライクな女性に見えるだろうが、内側から見れば、性的に満たされ、骨抜きになった甘美な状態の女性そのものだった。彼女は自分を祝福しながら、映画『ノッティング・ヒルの恋人』の主役もかくやと思われる男性の話に耳を傾けていた。彼は今年初めにヴェネチアで出席した誕生日パーティのことを彼女に説明しながら、自身で楽しんでいるふうだった。

「で、僕たち全員、運河を行く情緒あふれるゴンドラでパーティに連れていかれたんだ。みんな衣装をつけてね。ひどく三〇年代的で退廃的だった。ところで、アメリカのテレビが、のぞき趣味的なたぐいのドキュメンタリー番組として、ドーランドのパーティを撮影すると聞いたんだけど。本当かい？」

「さあ。全然知らないわ、チャールズ。ドーランドに直接きいてみたら？」

「ジュリア、ダーリン！」

ジュリアが相手をしていた男性は、きつい顔立ちの女性三人組に押しのけられた。ジュリアはぼんやりと思い出した。三人は高校のころの知り合いだった。高校時代の同級生ではなく、彼女たちの母親のほうだ。

「サイラスを仕留めるなんて、あなたも抜け目ないわね」三人の冷たく鋭い目が、ジュリアを頭のてっぺんから爪先までじろじろ眺めまわす。

彼女たちは現代社会のなかで、新しい分野を占めている。五十歳かそこらの離婚女性たち。三十代に見せるためなら、どんなことでもする構えでいる。彼女たちの元夫は、妻をもっと若いモデルととり替えるためにお金を使い、妻はその離婚料を、時間を逆戻しするための努力につぎこんでいる。

「ええ、そのとおりね」ジュリアはうなずき、幸せそうな微笑を三人に投げた。「ありあまるお金、それに爵位までも。でも何にも増して、彼はベッドですばらしいの」

年を重ねた顔に、怒りの赤と嫉妬《しっと》の緑はよく映える色の組み合わせとは絶対に言えないだろう。ジュリアは自己満足し、怒りに赤らんだ顔と嫉妬の炎を燃やす目から離れていった。そして、飾りつけがはかどっているか確かめようと、イベントのために張りめぐらされた巨大な天幕のほうに向かった。

メインになる天幕の控え室に着くと、ドーランドが気に入っているシャンパンサービスのカウンターを、作業員たちが仕上げている最中だった。ドーランド本人は、とびきり細くてひょろりとした金髪女性のグループと、にぎやかに笑いさざめいている。彼女たちの腕にしっかり抱かれているのは、毛むくじゃらの小犬だ。

ペットのやかましい鳴き声と女性たちの甲高い声に、鼓膜が破れるかと思い、ジュリアは急いで外に出ようとした。そこで急に足が止まった。ニックが行く手を阻んでいた。

「ポジターノではパーティが台なしだったそうじゃないか」意地の悪い言い方だった。

彼に威張りちらされるつもりはない。ジュリアは顎をつんと上げ、鋭く言った。「誰かのせいなのは間違いないわ」

それはどういう意味だとニックに問いつめられると思ったのに、拍子抜けするほど彼はあっさりかわし、ジュリアの左手に目をやって、あざけるように言った。「まだサイラスに指輪をもらっていないのか？」

「本当はもうもらっているわ」それは半分事実だった。サイラスは例のモンクフォードのダイヤを私につけてほしいと言ってくれたもの。

「きみには驚かされたよ、ジュリア」ニックは鼻にかかった声を出した。「サイラスのような男を引っかけられるほど、きみに何があるとは思えなかったけどね。彼はきみにエイミー・デトロワとのことを話したかい？」

「エイミーがサイラスにとってどんな関係だったにしろ、もう過去の話よ」

「へえ、サイラスがそう言ったのか？　だけどエイミーの側からすれば、彼女は大いに彼の現在であり未来でもある。まあ、もちろん彼がその話をきみにするはずはないけどね」

「ええ、言わなかったわ」ジュリアは冷ややかに同意した。「あなたのことは言っていたけど」

「どういう意味だ？」

「わかっているはずよ。サイラスはあなたについて、というか、会社の経営状態について調査したわ。ねえ、どうやってルーシーにあんな仕打ちができたの、ニック？」

「彼女に何をしゃべった？」

「何も言ってないわ……まだ。でも――」

「ジュリア、そこにいたのか。ちょっとだけいいかな？」

「もちろんよ、ドーランド」ジュリアはほほ笑み、ニックから離れると、ドーランドがまたどんな要望を出してくるのか、ききに行った。

　ニックはただ私を動揺させるために、エイミーのことを言ったのかしら？　それとも、エイミーには、サイラスと進行中の関係にあると主張するちゃんとした根拠があるの？　サイラスはすでに私と結婚しているわけだから、実際には彼との不貞ということになるんでしょうけど。

　ジュリアは苦痛に心臓が飛びはねるのを感じた。不安と混乱に気分が悪くなり、頭がくらくらしてくる。

　ニックはトラブルメーカーだ。ジュリアは自分に警告した。サイラスに過去があっても当然じゃないの。そう、過去だもの。でも、たった今私が知りたいのは、私は彼の現在であり未来であるか、ということだけでなく、私は彼の唯一の現在であり唯一の未来であるか、ということだ！　私は狂おしく、情熱的に、全身全霊で彼に恋しているからこそ、それを知る必要があるのだ。

　彼との愛の行為は、私が経験したなかで最高のものだから？

　だけど、そんなものはひどく薄っぺらな理由でしょう？　誰かを愛するということは、つかの間の快感以上のものじゃないの？　誰かを愛すると、尊敬といった感情がからみあってくる。これからの一生を、病めるときも健やかなときも分かちあっていきたいという思いを意味する。一緒にいることで、自分の世界が広がっていく。自分の人生を満たしてくれる光明であり、その人がいなければ人生が空っぽに感じられ、その人を思って胸がうずく、そういうことを意味するのだ。

　それこそが彼女がサイラスに感じていることだった。

　準備を終えてジュリアがようやく別荘《ヴィラ》に戻ってくると、サイラスが待っていた。

「ごめんなさい、こんなに遅くなって。ドーランドがいつまでもジョン・ベルトンのことを話していたものだから。ドーランドは彼にお熱なのかもしれないわ。ああ、サイラス、何があったと思う？　実はニックが来ているのよ」

「ブレインが？　どうして？」

「さあ。ドーランドに邪魔されてしまったから、きけなかったの。ニックと初めて会ったとき、彼がどんなに腹の立つ男か気づかなかったなんて、今では理解できないわ。それに、彼がしていることに私たちがもう気づいていることを、彼に言ってしまったの。ルーシーに対する彼の仕打ちで、私がどんなに彼をいやな男だと思っているかも」

「ちゃんと立証されるまで、彼には何も言わないということにしたじゃないか」

「ええ、あなたがそう言ったのはわかってるわ。でも、彼がものすごく私を怒らせたものだから、つい口がすべって」

「きみを怒らせた？」

「ええ、どうしてあなたが私なんか欲しがるのか、理解できないって言われたの。それに、あなたとエイミー・デトロワの関係をあなたが話してくれたかどうかも、きかれたわ」ジュリアはサイラスに目をやった。しかしサイラスはそっぽを向き、彼女から離れてしまった。

〝過去に立ち入るな〟という警告を発している彼の行動に、女性としての不安が背筋を這《は》いおりた。エイミーのことは話したくないと、どうしてサイラスはこんなにもあからさまに態度で示すのだろう。女性として考えられる理由はひとつしかない。彼はまだエイミーに対する思いを引きずっているのだ。

女性は、燃えつきてしまった恋愛のことを話してもなんとも思わない。そうすることで、進行中の恋愛に対するのめりこみ具合を強調することにもなる。男性についても同じことが言えるはず、とジュリアは判断した。

ジュリアはそこから、女心にとってはおなじみの電光石火のごとくすばやい、しかも複雑な例の方程式を使い、たちまちにして〈エイミー〉＋〈サイラスの沈黙〉＝〈彼の片思い〉と解いてしまった。そこに〈肉体的な欲求不満＋男性のプライド〉が加わって、〈ジュリアとの結婚〉という結果が導きだされたのだ。この方程式は、サイラスに対するジュリアの愛情すべてをプラスし、なおかつ、彼女の心もとなさ、嫉妬、不確かさも加算して、まさに火のついたマッチをそのまま火薬庫に落としたごとき化学反応を起こした。

結果は瞬時かつ爆発的だった。

「あなたが私と結婚したのは、エイミーを手に入れられなかったからなのね？　彼女はあなたを拒絶した。だから、彼女を嫉妬させようとして、あなたは私と婚約しているように見せかけたんだわ！　あなたが彼女とのセクシーなビデオをどれだけ撮ったところで、私が気にするものですか。彼女は……サイラス！」大股に歩きだしたサイラスに、ジュリアは抗議の声をあげた。

「いったいこれはどういうことなんだ？」振り返っ

たサイラスが怒りもあらわに尋ねた。「きみは僕の妻であって、連邦裁判官ではないだろう？　だいいち……」

「だいいち、何？　ただ彼女とベッドをともにしただけ？」

サイラスは自分の耳が信じられなかった。ジュリアは本当にそう思っているのか？　エイミー・デトロワは完全に気が触れているのに。

「ジュリア、芝居がかった態度はやめてくれないか。僕はきみと結婚し――」

「そしてエイミーと関係した。それは世界じゅうが知っているわ。大半の人がビデオを見ているのよ」

サイラスは、ヴィラも揺らぐほどの猛烈な音をたててドアを閉め、口論を打ち切った。

ドーランドのパーティがあと三十分ほどで始まろうとしている。もうパーティ会場になる天幕に行かなければ。サイラスとはまだ仲直りできていないというのに。ジュリアは惨めな気持ちで思った。

支度をしているあいだじゅう、サイラスが寝室に入ってこないかと心待ちにしていたが、彼は現れなかった。こちらから捜しに行くのはプライドが許さない。結局のところ、自分は何も悪いことはしていないのだから。

泣いてはだめ。ヴィラのドアを開けながら、ジュリアは自分をたしなめた。そして猛烈に目をしばたたき、背筋を伸ばした。

サイラスは、難しい顔で届いたばかりのメールを一心に読んでいるところだった。彼はその目を上げ、急いでヴィラから出ていくジュリアを部屋の窓から見守った。黒のロングドレスが官能的に彼女の体にまつわりついている。サイラスの見るところ、彼の母親がジュリアの誕生日にプレゼントしたものらしいエルメスのスカーフを腰に巻き、その上からトルコ石をちりばめたずっしりとしたベルトを締めている。全体的にジュリアならではの効果を発揮している装いだとサイラスは判断した。

　ジュリアが驚くような影響を彼に及ぼしているのは、間違いようのない事実だった。本来なら、彼はまだジュリアに腹を立てていて当然だった。それなのに、もうしかめっ面が消え、いつのまにか笑みすら浮かんでいる。しかも、コンピュータを閉じて彼女のあとを追いかけたい誘惑にかられていた。彼女はとてつもないほどばかげた、しゃくにさわる女性なのに。こっちがいらつくほど能天気なのに。楽観的なものの見方に終始し、人を見る目もいつもそんなふうだ。それに彼女は僕の感情を……。

　感情？　僕は何事にも感情を動かされない男だ。僕は物事を分析し、解析し、筋道の通った考察をする。僕たちの結婚にも筋道の通った考察をしたように。しかし、どうやってジュリアのような女性に筋道の通った考えが通じる？　何度も感じるつかの間の快感もひとつと数えるのかどうか、知りたがるような女性に。

　筋道の通った考察とジュリアとは、およそ対極にある。まったくかけ離れたものだ。だからこそ、僕がそばにいて彼女から目を離さずにいることが必要なんだ。もちろん、そういうことだ。というわけで、サイラスはシャワーを浴びて着替えをすませ、ドーランドの見えを満足させるばかげたパーティに出かけていった。

　ほとんど深夜の十二時になろうとしていた。パーティはえんえんと続いている。ジュリアはまだサイラスをちらとも見かけなかった。彼女にはひと晩じゅうと思えるほど長く彼を捜しつづけ、時間だけが過ぎているというのに。

「ジュリア」

ジュリアは身をこわばらせた。ニックがうさんくさそうな若者のグループを引きつれて近寄ってくる。ドーランドの古い客のどら息子たちだ、とジュリアは気づいた。大半はかなり酔っ払っている。

「きみの崇拝者を何人か連れてきたよ。きみに挨拶《あいさつ》するために」

「パーティを楽しんでる？」ジュリアは儀礼的に若者たちに声をかけ、同時に、サイラスがどこかにいないかと、それとなくあたりを見渡した。

「もっとシャンパンはどうだい？」ニックが手にしていた未開封のボトルを示した。

「遠慮するわ。ありがとう」ジュリアは半分ほど空けたグラスを見せて、断った。

「ばかばかしい。もちろん、きみは飲みたいに決まっているさ」ニックは彼女の手からグラスをとりあげ、向き直ってテーブルに置いた。そしてコルクを抜くと彼女のグラスを満たし、それから若者たちのグラスにもなみなみとついだ。「さあ」

　ジュリアは微笑を消さないようにし、礼儀正しくひと口飲んだが、そのあいだに若者たちは彼女をとり囲み、酔いにまかせて彼女をからかい、言い寄ってきた。

「あそこにいるのはサイラスじゃないか？」ニックが指さした先の天幕のほうにジュリアが顔を向けると、彼はしてやったりとばかりに満足げに彼女を見守った。

　ジュリアとのあいだを隔てる、大勢の人でひしめく庭の向こうの暗がりのなかから、ニックと若者たちにとり囲まれているジュリアを見て、サイラスは顔をしかめた。ジュリアはグラスを置いて、グループから離れようとしている。

　こちらに背を向けているジュリアの立ち姿に、サイラスはどこかいつもと違うものを感じた。明らかにブレインが何か言ったらしく、ふいにジュリアがテーブルとは反対方向の庭に目をやった。そのすきに、若者のひとりが彼女のグラスに酒をつぎ足し、別の若者がそこに何やら落とした。

　何が起こっているか気づきもせず、ジュリアはニックが示した方向を見ていた。しかしサイラスの姿はちらとも見えない。

「ジュリア！」人込みのあいだを縫って彼女のほうに向かいながら、たとえ彼女の耳に届かないとしても、サイラスは大声で彼女の名を呼び、警告せずにはいられなかった。

「さあ、ジュリア。飲んでしまえよ」ニックが愛想よく彼女に二杯目のシャンパンを勧めている。

　ジュリアはしぶしぶニックに視線を戻し、またしても礼儀上、ひと口飲んだ。「本当にもう行かなければ。ドーランドが捜していると思うわ」

「まだ放免するつもりはないさ。なあ、みんな。さあ、ぐっと飲みほして。そうそう」

　ジュリアは、不愉快なことが始まらないうちにこの場を離れようと、躍起になってシャンパンを飲んだ。

「ほらほら、全部飲んでしまわなきゃ。そうだろう、きみたち？」

　ニックがしゃべっているのはジュリアにも聞こえていた。だが奇妙にも声は遠くから聞こえ、もっと奇妙なことに、口がどんどん麻痺《まひ》してきた。そのうち、体がやけに重くなり、目に映るものすべてがぼやけてきた。

　ジュリアは渦を巻く暗闇《くらやみ》に吸いこまれようとしていた。闇と耳ざわりな笑い声。そして誰かの両手にとらえられ、ドレスを引っ張られた。

「彼女に何をしたんだ？」

　ぐったりしたジュリアの体を片腕で支え、もう一方の手の拳《こぶし》をニックの血で赤く染めたサイラスが、その場に立ちはだかっていた。ニック本人は倒れた場所の、ひっくり返ってからみあった錬鉄製の椅子と鉢植え植物の上で伸びたまま、顎の打撲した部分をさすっている。グループのなかでも酔いの浅かった若者たちは、たちどころにしらふに戻り、恐怖に顔面蒼白《そうはく》になった。

「水溶性の幻覚剤……ドラッグだよ」若者のひとりが恥じ入った様子で告白した。「二服入れたんじゃないかな。ニックもグラスに入れたから」

ニックは無言でサイラスをにらんでいる。

「彼女もやる気になっているとブレインが言ったものだから」別の若者が言った。「彼に手を貸せば悪いようにはしないと」

サイラスが若者たちに気をとられているすきに、ニックはなんとか立ちあがり、内心悪態をついた。くそっ、いまいましいジュリア。彼女に仕返しして、彼女にどう非難されようと、誰も本気で受け止めないようにしてやるつもりだったのだ。サイラスが出しゃばってさえこなければ、今ごろは高貴なご身分のジュリアも、安アパートメントの一室で、堕落したジュリアになりはてているところだったのに。

ニックはあらかじめ計画を練っていた。ジュリアと彼女が置かれた状況を利用するよう、若者たちを扇動し、酔った彼らの親密な振る舞いを楽しんでいるジュリアの姿をビデオ撮影できるように、何もかも部屋に準備しておいたのだ。

ニックが小走りに逃げていくのが、サイラスの目にも見えていた。しかし、ジュリアを残してまでニックを追うつもりはなかった。

サイラスがジュリアをつかんだのは、彼女が崩れ落ちる寸前だった。誰かの手が自分の体に触れたのを感じて動転したジュリアは、弱々しい抗議の声をあげ、自分の手で必死に彼を押しやろうとした。

もしこの出来事を目撃せず、彼女を保護できなかったとしたら、きっと彼女が見舞われたはずの運命を思い描き、サイラスの胸は怒りと苦悶《くもん》でいっぱいになっていたに違いない。なすすべもなく自分の腕にもたれてぐったりしているジュリアを、サイラスはきつく抱きしめた。

「おい、医者を探して、ここへ連れてくるんだ」サイラスはいちばんまともに見える若者に厳しく指示した。「救護所のなかにひとりはいるはずだ。残りのおまえたちについては……いいか、今夜目にしたことを僕は忘れないからな」

10

サイラスは重苦しい顔つきでベッドの傍らに立ち、眠っているジュリアを見つめていた。彼女の様子に気を配っていられるよう、そして彼女が目を覚ましたとき、そばにいてやれるよう、うとうとしながらも、ほとんどひと晩じゅう肘掛け椅子に座っていた。今は、彼の陰鬱《いんうつ》な思いと鋭い対比をなすように、金色の朝日がベッドの上に温かい蜂蜜《はちみつ》色の縞《しま》模様をつけている。

そう、ジュリアはここにいる。安全に。だが、紙一重でこうはならなかったかもしれないのだ。それも僕のせいで。彼女がパーティに出かける前に、ささいな喧嘩《けんか》の仲直りができたのに、僕は仲直りしないと決めてしまった。僕が話しあいたくない問題を彼女のほうから持ちだしたから、ちょっぴり罰を与えてやろうと思って。

そうとも、僕が悪かった。痛いほどの苦悶《くもん》が押し寄せ、自分は正しいという、以前は何ものにも揺るがされなかった信念を、荒々しく打ち据える。

ジュリアがかすかな物音をたてた瞬間、サイラスは彼女の上に身をかがめた。前夜彼女を診察した医師は、彼女がのまされたドラッグは大して影響を残さないと請けあってくれた。

〝ですが〟医師は深刻な顔で警告した。〝短期的には、たとえば吐き気やめまいといった身体的な徴候が現れます。それ以上に不快なのは、感情的、精神的なパニックや幻覚を伴う記憶の繰り返し《フラッシュバック》、あるいは妄想が現れてくることです。ときには強迫観念にとらわれるかもしれません。幸い、彼女を救ったのはあなたです。あなたなら、何も覚えていないからといって怖がる必要はないと彼女を安心させることができます〟

なかには、このドラッグを女性に使う堕落した男もいるが、最悪なのは、起こったことを被害者たちが覚えていないことだと医師は説明した。

〝彼女たちは起こったことをフラッシュバックさせたり、夢の続きのように覚えていたりする。しかしそれも、影のように淡い実態のないものです。私も実際に患者を診ていますが、この手のドラッグを使われてレイプされた女性は、実際に思い出せることと同じくらい、思い出せないことで自分を苦しめるものなんです〟

サイラスは考えることに耐えきれなくなり、ベッドの端にぐったりと腰を下ろした。

すると突然ジュリアが目を開け、サイラスを見た。口元にほほ笑みが浮かび、温かい愛情で目が輝く。それから、まるで保護用シールが顔からはがれたかのように、彼女の表情が変わった。ちょうど乾いたこまかい砂が指のあいだからこぼれていくような速さで、喜びがそっくり外に出てしまい、あとには空っぽの穴があいて、あっというまに暗闇《くらやみ》と苦痛で満たされた。

ジュリアの胸に恐怖と混乱が広がっていくのが見てとれた。それは突き抜けられないほどの冷たく濃い霧のような感じだった。ただ慰めたくて、無意識のうちにサイラスは彼女の腕に触れた。しかしジュリアがたじろいだので、サイラスは激しい感情に突き動かされ、胸の鼓動が重く響くのを感じた。

「サイラス、お願い」ジュリアがささやいた。「私に触れてはだめよ。何か恐ろしいことが起こったんですもの」

彼女の目には涙が光っている。

「ジュリア、大丈夫だから……」

「いいえ、あなたは何も知らないのよ」

泣きながらジュリアは両手で顔を覆い、額に指を押しあてた。

ジュリアはひどく弱々しく、混乱した気分だった。自分の身に耐えがたいほど恐ろしい何かが起こったのはわかっているのに、それがどんなことだったか思い出せない。まるでレーザー光線のように画像が脳裏をかすめていく。残酷で悪意に満ちた笑いを浮かべて彼女を見ているニックの顔。それに物音。あれは男たちの耳ざわりな笑い声だ。そして刺激を受けたような興奮。彼女の体に触れている男の両手。そうしたすべての合間を縫って、彼女を冷たい恐怖でがんじがらめにしながら、これ以上ないほど恐ろしく強烈なパニックが襲ってくる。

「ジュリア」サイラスは自分でもなんと言っていいかわからなかった。怒りや自責の念、そして彼女を守り慰めたいという願いが入りまじり、声がくぐもってしまう。「大丈夫だよ。約束する」

「いいえ！」ジュリアは泣きながら激しくかぶりを振った。「大丈夫じゃないわ、サイラス。いったい何が起こったか、あなたはわかっていないのよ。ニックが……」

身震いして目を閉じたジュリアを、サイラスはひしと抱き寄せ、自分の体に押しつけた。「いいや、何も起こっていないんだよ」

「起こったわ。でも思い出せないの。思い出せるのは、ニックが私にシャンパンを飲ませたことだけ。私は飲みたくなかったのに、彼がしつこくて。それから……それから……。その先が思い出せない。だけど、何か恐ろしいことが起こったのはわかっているの。たぶん……。サイラス、あなたは私と離婚しなければならないわ」

「なんだって？　ジュリア、こんなふうに自分を苦しめてはいけないよ。そんな必要はないんだ。何も起こっていないんだから！」

「あなたはずっとそう言っているけど、知らないから――」

「知っているとも！　ブレインがきみの飲み物にこっそりドラッグをまぜるのを見て、僕は急いできみのそばへ行ったが、まにあわなかった。きみはまさに倒れる寸前だった。だけど、起こったのはそれだけだよ」

「本当にそうなのか、私には知りようもないわ」

「ジュリア、僕の言っていることは本当だ。誓ってもいい。きみがどんなふうに感じているか、どうしてそんなふうに感じてしまうかは、僕にも理解できるが、きみが僕の話を信じてくれず、僕を信頼してくれないとは、考えたくもない」

「私、恐ろしいの、サイラス。それに……それに、けがされたような気がして。それに……私の体のなかで起ころうとしているかもしれないことを知らなくて、どうやってまたあなたと愛しあえる？　私の体内で起こったかもしれないことがわからずに……ひょっとしたら……」

「きみの体は、きのうの午後出かけたときと何も変わっちゃいない。とにかく僕のほうは、きみと愛を交わすことに気が進まないなんてことはないんだから、ジュリア。きみに対する気づかい以外、僕がそうしない理由はどこにもない。もしそれを立証してほしければ……」

「ニックは今どこにいるの？」ジュリアはサイラスの挑発には乗らなかった。

「まったくわからない。ドクター・サルヴェスにもアドバイスされたが、もしブレインを告訴したければ――」

「だめよ！」ジュリアは荒々しくさえぎった。「彼はルーシーと結婚しているのよ。どうしてそんなことができるの？」彼女は急に弱々しい口調でつけ加えた。「頭が痛いわ。それに吐き気が……」

ジュリアはがたがたと震えていた。サイラスはすぐさま彼女をベッドから抱きあげ、バスルームに運んだ。

ジュリアは別荘《ヴィラ》の寝室の窓から中庭《パティオ》のほうを見渡した。サイラスがプールの傍らに座っている。もう日が暮れかかっているというのに、ショートパンツしか身につけていない。何を言っているかまではわからないが、コンピュータに向かって話している声がここまで聞こえてくる。ドラッグをまぜたシャンパンを飲まされてから、ほとんど一週間になろうとしていた。

ドクター・サルヴェスから、身体的には申し分なく回復していると告げられたのが二日前だ。ジュリアも、強烈なパニックや恐怖はしだいに薄らいできていると医師に報告した。それなのに、何もなかったとサイラスが言ってくれたのは、親切心からついた嘘《うそ》ではないかという懸念が頭につきまとって離れない。

かすかに震えながらジュリアは窓から離れ、開け放したパティオのドアに向かった。

歩いてくるジュリアに気づき、サイラスはコンピュータの電源を切って立ちあがった。だがその場を動かず、彼女が近づいてくるまで待った。

「サイラス、何が起こったのかもう一度話して……あのとき……まるで思い出せないのが耐えられないの！」喉につまった息を吐きだすように苦しげに言ったものの、手をさしのべるサイラスを見ると、ジュリアはあとずさった。

「何も起こらなかったんだよ」

「お医者さんは、完全には思い出せないかもしれないと言ってるわ。思い出せないとしたら、何も起こらなかったと、どうやって信じればいいの？」

「きみと結婚したとき、僕はある責任を負った」サイラスが重苦しい口調で話しだした。

「ええ、わかっているわ。だからこそ、あなたが私を守ろうとしているだけなんじゃないかと思えてしまうのよ」ジュリアは叫んだ。

「責任のひとつは」彼女の言葉など耳に入らなかったかのようにサイラスが続けた。「少なくとも僕にとっては、僕たちの関係、つまり僕たちの結婚を、できるかぎり最高に強力な土台の上になりたたせることだ。どんな関係であれ、その最強の土台というのは、信頼、それに正直であることだと思っている。僕はその信頼をきみに贈呈する。それは僕がきみを信頼できるからだ。なぜなら……こう言ってよければ、僕はきみを知っているからね」

サイラスの顔は真剣だった。

「それに、誓ってもいい。きみも同じ信頼を僕に寄せることができる。そうとも、きみを守ることは僕の責任だと思っている。だから、僕があそこにいなかったせいで、あの一件を最初から防げなかった自分を責めているんだ。だけど、もしも起こったことに関して僕が嘘をついて、きみの恐怖心や疑念をわだかまったままにさせていては、僕はきみを守っていることにはならない」

サイラスはそこでひと呼吸置いた。

「きみが失っている記憶については、僕にはどうすることもできない。だけど、きみに真実を話すという点に関しては、つねに僕を信頼していいと約束するよ。僕も同じくきみを信頼できるとわかっているように」

ほろ苦い涙でジュリアの目はちくちくした。サイラスがさしだしてくれている貴重な贈り物を、私はどうして拒否できるの？　今朝も、彼にキスをさせまいと、身をよじって逃げてしまった。私はいまだに自分がけがれているように感じて恐ろしいからと、しぶしぶ彼に説明して。ドクター・サルヴェスは、申し分なく回復していますと請けあってくれているというのに。

「ジュリア？」

ジュリアは口をきくこともできず、黙って首を振ると、くるっと向き直り、走ってヴィラのなかに戻っていった。

サイラスがプールの向こう端に歩いていくのを、ジュリアは寝室の窓から見守っていた。周囲をぐるりと囲まれたパティオとプールのプライベートな空間を、淡い夜間照明が照らし、サイラスの体の線をくっきりと浮かびあがらせている。とてつもなく男性的で頼りがいがあるからこそジュリアが大好きながっしりとした広い肩や、下半身に向かって完璧《かんぺき》なV字形を作っているすばらしく引きしまった筋肉質の上半身を。

ジュリアはひどくサイラスが欲しかった。それでいて、彼と愛しあうことを考えるだけで、なじみのない、吐き気がするほどの恐怖心でいっぱいになってしまう。私はニックやあの若者たちに体を奪われていないとサイラスは請けあってくれたけれど、間違いなく、ニックは私からサイラスと結ばれる喜びを奪ってしまったのだ。この肉体的な絆《きずな》は、私たちの関係をすばらしくしているもののなかの重要な一部だというのに。

でも、私は本当にそんなことをニックにさせてしまっていいの？　彼に私たちの結婚をぶち壊させてしまうほど、私は弱くて不信感の強い人間なの？　それとも、心の底からサイラスを信じられる強さを持った人間？　私がそのどちらであるか、選ぶのは私自身でしかない。

外では、サイラスがプールを縦に端から端へ、水面にほんのわずかなさざ波しか立てずに、力強いクロールで泳いでいる。

ジュリアは窓から離れた。

結婚すると、人は明らかにある深いレベルで考えが変わってしまうらしい、とサイラスは思った。でなければ、たった今僕が感じていることや、していることには、ほかに実際的な説明がつかないではないか。理屈から言えば、僕はジュリアが自分の問題を克服してしまうまでここに残ってないで、ニューヨークに戻っていてしかるべきだ。あっちには仕事が山のようにたまっているのだから。

まっとうな考えを持った人間は、つねに実際的な説明や解決策を選択するものだ。それなのに、僕はこんなところにいて、肉体的な欲望のうずきを静めようとプールを何往復もしている。だがその一方で、今僕が味わっている騒然とした精神状態にはどんな活動が効果的なのか、まったくわからないままだ。

サイラスは自責の念を感じ、途方に暮れ、猛烈な怒りにかられた。しかしそれも、たった今彼が感じていることからすれば、ものの数ではなかった。彼は自分の腕にジュリアを抱きたかった。彼女を安全に守って、抱きしめてやりたい。同時に、自分の体を彼女に受け入れてもらい、もとのような幸せでセクシーで嬉々《きき》とした恋人に戻ってほしい。今になってサイラス自身気づいたように、これまでのどんな女性もかなわないほどの達成感を与えてくれ、満足させてくれる恋人に戻ってほしい。

　ジュリアのこと以外、何も考えられないというのは、サイラスには信じがたいことだった。頭のなかが、ほかの何ものも、誰も入りこむ余地がないほど、ジュリアのことでいっぱいになってしまうとは。それは、彼女自身が解決すべき問題になっているからなのか？　サイラスは自問した。

　目下の状態が二人のために計画した人生や未来のスムーズな流れを妨害しているせいなのか？　それとも、今朝、僕が彼女にキスしようとしたとき、彼女が目にいっぱい涙をためてあとずさり、僕自身、危うく泣きそうになったからなのか？

　実際的な男というのは泣かないものだ。泣く代わりに、解決法を見つける。

「サイラス……」

　サイラスは水をかいていた手を休めて、体をくるりと回転させ、プールの縁に立っているジュリアを見上げた。ジュリアは胸元が深くV字にくれた水着を着ている。

「一緒に泳ごうと思ったの」ジュリアはサイラスに腕を伸ばした。「私を受け止めて」

　水中にすべりこんできた彼女の体を腕に抱きとめたサイラスは、その感触に、欲望が爆発寸前になった。すかさずジュリアは身を振りほどき、すっと離れて泳ぎだした。しかし力強く巧みなスイマーとしては、とうていサイラスの比ではない。

サイラスは大きく息を吸って力強く水を蹴《け》り、潜水でジュリアのあとを追った。そして水中で彼女のくるぶしをつかみ、自分のほうに引っ張った。

それから彼女に腕をまわし、自分の体に引き寄せる。水面に出ようとサイラスが水を蹴ると、ジュリアは二人の体が強い力で浮かびあがっていくのを感じた。吐きだす息が、小さな泡粒の流れを作って逃げていく。

水面に出たところでサイラスはジュリアにキスをし、ジュリアもそれに応《こた》えて従順に唇を開き、目を閉じた。サイラスはあいたほうの手でそっと彼女を愛撫《あいぶ》し、胸を包みこんだ。ジュリアは抵抗する様子もなく、身じろぎひとつしない。

いきなり彼女は身を離し、プールの浅いほうに向かって、背が立つところまで泳いでいった。

サイラスもあとを追い、背後から彼女を腕に抱き寄せた。

彼の体はぬくもりがあってずっしりと重く、ジュリアは、絶望でも苦痛でもない、小さく震えるような何ものかが体の内で弱くなったり強くなったりしながら生命力をおびるのを感じた。これは希望なの、それとも、ためらい？　そのどちらなのか、本当に私は知りたいと思っているの？

ジュリアは決然とした調子で、いっそうぴったりとサイラスに体を寄り添わせ、彼の下半身で脈打っている欲望のあかしから身を引くまいとした。身を引く代わりに、彼の高まりを脳裏に思い描く。思い出せても、実感できなくなってしまっている愛情、それに幸福感と一緒に。

頭のなかに、彼の興奮のしるしに触れている自分自身が浮かびあがった。そっと撫《な》で、キスをし、口に含んでいる自分が。想像しながら、ジュリアはずっと呪文《じゅもん》を唱えつづけていた。これはサイラスなのよ。これはサイラス。これはサイラス……。

サイラスはジュリアの肩から水着のストラップをはずして胸をあらわにし、硬くなった先端を淡い照明にさらした。そして、ジュリアにキスをした。

ジュリアは彼に腕を巻きつけ、情熱をこめてキスを返した。サイラスは唇を離し、彼女の胸を両手で包むと、一方の胸を、それからもう一方の胸を、口を使って愛撫する。彼女のひんやりとした肌は、甘美な熱い潤いの洗礼を受けた。

そのあいだジュリアは、恐れている記憶がよみがえってきはしないか、記憶と一緒に恐怖や憎悪が襲ってきはしないかと緊張し、身構えつつ、自分をチェックしていた。

やがてサイラスはジュリアをプールから上がらせ、腕に抱きあげると、クッションのついた快適なデッキチェアに下ろした。タオルをとって、彼女の体を拭《ふ》き、拭きながら水着を脱がせていく。彼の手は愛撫のように彼女に触れ、慎重に、徐々に、親密さを増していく。

ジュリアもしまいには、彼の手の下でなすすべもなく体を動かしていた。サイラスは、そこで見つけてしまうかもしれないもののせいでジュリアが怖がっている場所へと、彼女を連れていこうとしているのだ。それでもジュリアは彼を止めることができなかった。なぜなら、彼女の体は彼を止めたいとは望んでいなかったから。

サイラスも水着を脱ぐと、ジュリアの熱い目は彼の欲望の高まりに釘《くぎ》づけになった。

サイラスが覆いかぶさるように膝をつき、ジュリアは手を伸ばして彼に触れようとした。けれどサイラスはその手をかわし、彼女の脚を開いて顔を近づけた。彼の唇が内腿の感じやすい肌をかすめ、快感がさざ波のように彼女の体を駆け抜ける。

ジュリアは喜んで興奮に身をゆだね、声をあげた。性的な感覚を奪っていた恐怖は、彼女が今感じているまじりけなしの強烈な感覚に一掃されてしまった。ジュリアを打ちのめそうと待ちかまえている悪魔もいなければ、暗闇もない。あるのはこれだけ。そしてサイラスだけ。それに、彼が与えてくれる快感のなかで、彼と喜びを分かちあいたいという圧倒されんばかりの欲求だけ。

「すばらしかったわ」ジュリアが震える声で言った。満たされた思いと安堵《あんど》感で目は涙に濡《ぬ》れている。

二人はサンデッキに並んで横たわっていた。サイラスは彼女の上にかがみこみ、そっとキスで涙をぬぐってから、彼女の唇に唇を触れた。

そう、すばらしかった、とサイラスは認めた。すばらしく、驚異的で、完璧だった。彼はジュリアを抱いたまま、ここに横たわっていたかった。そしてジュリアがジュリアであること、それに彼女が彼に与えてくれたもの、これから先の人生に対して、ただ感謝を捧《ささ》げたかった。

先ほど、もっと深く、もっと速く、というジュリアの甘美で苦しいほどの切迫した欲求に応えて彼女とひとつになったとき、サイラスは畏敬《いけい》の念と謙虚な気持ちでいっぱいになった。そして数秒後、彼女のなかに自分自身を熱く解き放ったとき、その感情はさらに強烈に、意味深くなった。

彼女は僕の魂のパートナーだ。僕をこれほどの高みに引きあげてくれるただひとりの女性。彼女のいない人生は無意味で空虚でしかない。これこそが、人が誰かを愛していると言うときに意味しているものだろうか？　このすばらしく強烈な経験が、恋愛というものなんだろうか？　これが……恋？　僕は恋しているのか？

11

ジュリアは満足そうにほほ笑み、しゃれた靴に足をすべりこませた。マルベーリャに来た週の初めに、サイラスが、ほらあの靴、と指さしたものだ。

そのときは笑って誘惑に乗るまいとしたが、今朝は抵抗する気持ちもぐらつき、街まで出かけてこようと決めたのだった。スペインに滞在して六週間。今日はどうしても片づけてしまわなければ、とサイラスが言っている仕事の遅れを彼がとり戻しているあいだに。

建前上は、十一月の初めに、ジュリアが断食《ラマダン》明けのパーティのためにドバイに向けて出発するまで、二人はそれぞれの家に戻り、そこでいくらか時間を過ごすはずだった。けれど、二人ともこのままマルベーリャに滞在しているほうが理にかなっている、とサイラスは感じた。ここなら、二人がすでに結婚しているという事実について、誰かに嘘《うそ》をつかなければならない状況に身を置かずにすむ。そのうえ、二人が一緒にいられるというおまけの利点もある。

サイラスと一緒にいたいと強く願っているジュリアにしてみれば、この件で彼と言い争うなど論外だった。

彼女は毎朝、うれしさに胸を躍らせて目を覚まし、毎晩、この世で欲しいと思うものはすべて一緒に横たわっているこの男性のなかにある、という思いで眠りに落ちる。

ニックのせいで苦しんだことが、結果的には、サイラスと一緒に見つけたものを手に入れることができてどんなに幸せで幸運だったか、ということに目を向けさせてくれた。ジュリアは賢明にもそう認めていた。彼女は信じられないくらい幸せで幸運だと感じていた。

彼女に対する仕打ちに関して、ニックは法廷で追及され、罰せられるべきだ。サイラスがそう思っていることは、ジュリアもわかっていた。けれど、彼女がルーシーのためにそうしないことを彼が理解し、受け入れてくれていることもわかっている。

サイラス。すでに彼とはずいぶん長いこと離れているような気がして、恋しくなってくる。ジュリアは今試しにはいてみた靴に視線を落とした。やっぱりすてきな靴だ。ふと、店内の向こう側にある小さなディスプレイが目に入った。彼女が試着している靴のちっちゃくて完璧《かんぺき》なレプリカ。赤ちゃん用に作られたものだ。

心臓がどきっと音をたて、それから突風のように小さく速く重くとどろきだした。感情が押し寄せ、涙がこみあげてくる。サイラスとの赤ちゃん。私たち二人の赤ちゃん。今でさえ天にも昇るほど幸せなのに、サイラスの子供を身ごもったら、いったいどんな気分になってしまうだろう。

ジュリアはその小さな靴の前に行き、指先でそっと触れてみた。なんてかわいいの。

「いかがですか？」女性店員が尋ねた。

「いいえ、まだなのよ」ジュリアは店員に答え、買いたいと思っていた靴をさしだした。

まだなの……でも、たぶんもうじきかしら？　サイラスは跡取りを欲しがっているし、おじいさまにも曾孫《ひまご》ができたら、きっと喜んでもらえるだろう。今はとくに。

タクシーがジ・アルフォンソの正面玄関前に止まった。ジュリアは運転手にほほ笑み、気前よくチップをはずんだ。さて、クラブに入っていって冷たい飲み物を頼むか、それともまっすぐ別荘《ヴィラ》に戻ってサイラスの顔を見る？

そんなことを考える必要があるの？　もちろんないわ。

ジュリアはヴィラの表玄関から入る代わりに、庭に通じているなかば隠れたような小さな門をくぐった。もしかしたら、サイラスがもう仕事を片づけてプールサイドに座っているかもしれない。

けれどサイラスの姿はなかった。彼女は中庭《パティオ》を横切っていった。なかに通じるドアを開け、そこではっと足が止まった。聞き覚えのある女性の声が冷ややかな口調で話している。

「サイラス、あなたがこんなことをしたなんて、信じられないわ」

「僕も、母さんがこんなことを言いにわざわざニューヨークから飛んできたとは信じられない」サイラスが負けじと応じている。

サイラスの母親がどうしてここへ？　いったいなんの目的で？

「もちろん、そんなことはしませんよ。結婚式のことでジュリアのお母さんが直接相談したいようだったから、彼女に会うためにロンドンまで行ったのよ。アンバリー教会は小さいから、ゲストを五百人に絞らなければならないんだけど、リストに抜けている人はいないか心配だって」

サイラスは何も言葉をさしはさまず、黙って聞いている。

「あなたたちがマルベーリャにいることは、彼女から聞いたのよ。どうやらジュリアは、母親とよく連絡をとりあっているようね。で、せっかくイギリスまで行ったんだから、どんなことになっているかこの目で確かめようと、スペイン経由で帰国することにしたのよ」

「どんなことになってるかは、母さんもわかっているじゃないか。ジュリアと僕は結婚するんだ」

「ジュリアはどこなの？」

「街に出かけた。靴を買いに」

サイラスの母親がため息をつくのが聞こえ、ジュリアはひるんだ。ジュリアはこれまで、自分が頭の軽い愚かな女だとサイラスの母親に思われているのではないかと疑っていた。今のため息がそれを裏づけているようだ。

「サイラス、私はもっといい話を期待していたわ」

「僕にとってジュリア以上の妻はいない」サイラスがぶっきらぼうに答えた。

「私が言ったのは、あなたから期待していたという意味よ。あなたのために、じゃなくて。ジュリアの十八歳の誕生日のとき、あなたは彼女と結婚することを考えていると打ち明けてくれたわね。彼女を愛しているからじゃなくて、実際的な観点から、彼女はあなたにとって申し分のない妻になるという理由で。あのとき、私は思っていることをあなたに言ったわよね」

「ああ、母さんは、ジュリアが僕を受け入れてくれるとは思わないと言った」

彼の母親の訪問はとにかく驚きだったが、加えてさらに面倒な事態を引き起こそうとしていた。サイラスとジュリアが結婚したことを知っているのは二人のほかに誰もいない。ジュリアとしては、公になる前に自分の口から母と祖父に伝えたかった。

サイラスは、ドバイに行く前に一度イギリスに戻ることも考えたが、ジュリアをほかの人たちと分かちあうのは、さしあたって気が進まなかった。二人がこっそり結婚したというニュースが必然的に巻き起こす嵐《あらし》のなかに飛びこんでいくのは、ジュリアが、ブレインとの一件が起こる前の、屈託のない幸せそのものの彼女に戻るのを待ってからにしたかった。なかでも、彼女の母親が巻き起こすであろう嵐のなかに飛びこんでいくのは。

それに、サイラスには最終的に考えなければならないことがあり、それが彼を押しとどめていた。つまり、愛というのは価値のある概念だということを否定していた時点から、愛とは彼の感情面と精神面のルールブックを書き直してしまうくらい力を持つものだと認めるに至るまでの、厳しく険しい信念の旅を、サイラスはしてこなければならなかったのだ。

ジュリアを愛していると自分に認めるのは、かつてないほど難しいことだった。認めることで、自分がさらしものになり、すきだらけの人間になってしまうような気がしたのだ。

彼はもっと時間が欲しかった。時間をかけて、自分の新たな面に慣れ、自分に対して気を張らずにいられるようになれば、二人のことを公にし、自分の妻を情熱的に愛していると世間に公表できるだろう。最初にそれを告げる相手は、断じて僕の母親ではない。この四週間というもの、ジュリアに告白している自分の姿を想像し、考えるだに冷や汗をかく〝愛している〟という言葉を、まだ彼女に言っていないとなれば、なおのことだ。

外の廊下では、二人の視界から隠れるようにして、ジュリアが自分の感情と闘っていた。サイラスの母親が暴露した内容に、彼女はショックを受け、傷ついていた。

正直に認めるなら、サイラスが私を愛していると言ってくれたことは一度もない。サイラスに対していだいている私自身の気持ちから、彼も私を愛してくれているに違いないと勝手に思いこんでいたのだ。それ以外の理由で彼が私と結婚するとは思えなかったから。

私は救いがたいほど世間知らずだった。ジュリアは今になって気づいた。それがわかった今、どうするつもり？　腹を立て、私は彼を愛していると口走ってみる？　でも彼は私を愛していないのだから離婚してくれと要求する？

「サイラス、私が今気にしているのは、あなたにとってジュリア・フェローズがどんなに申し分のない妻になるかってことじゃなくて、あなたがどれだけ彼女を幸せな女性にできるかってことなのよ。私はジュリアが帰るまで待ちますよ。そして、あなたがなんらかのプレッシャーをかけて、気の毒な彼女にどうにか結婚を承諾させてしまったのではないか、直接確かめるわ」

ジュリアは深く息を吸った。それから気が変わらないうちに物陰から踏みだして部屋に入ると、できるだけ軽い口調で言った。「私、お二人の話を立ち聞きしてしまいました。本当はちょっと前に帰っていたんです。でも、親子の会話を邪魔したくなかったものですから。だけど……」

私の微笑は彼が望んでいるとおりになっているかしら？　落ち着いた穏やかな微笑に。そうするのが実際的だからという理由で結婚しようとしている男性を称賛している女性の微笑に。

「だけど、将来のお義母《かあ》さまに言っておかなければと思って。サイラスが言ったことは、私にとっても完璧に理にかなっています。私の気持ちもまったく彼と同じなんです。私たちには、結婚生活がうまくいくのにプラスになるような、共通するものが充分にあると思っていますから」

「あなたは私の息子を愛しているわけじゃないんでしょう？」

「愛していることは、必ずしもすばらしい結婚の条件ではありませんもの」ジュリアはサイラスの母親にきっぱりと言った。

サイラスは二人の会話を黙って聞いている。サイラスに目をやったジュリアは、彼がほとんど無表情に見つめ返してきたことに驚いた。まるで、彼女の言ったことには賛成できないと思っているかのようだ。

無意識にジュリアはサイラスに近づき、その手をとると、かすれた声で言った。「サイラス、お母さまに本当のことを言うべきだと思うの」

「本当のこと？」

「ええ」ジュリアは決然と義理の母親に顔を向け、静かに言った。「まだ誰にも言ってませんが、実は私たち、もう結婚したんです」

サイラスの母親はジュリアのおなかにいぶかしげな視線を向け、それから息子の顔を見て、再度ジュリアの顔に視線を戻した。その視線が暗黙のうちに示している意味を読みとり、ジュリアは顔を赤らめた。

「いいえ、彼は必要に迫られて結婚したわけじゃありません」ジュリアは憤然として言った。

どうやら僕の母親は、ジュリアが妊娠したとわかったから、あわてて結婚したのだと勘違いしたようだ。かといって、母に真実を推察できるとも思えないが。僕自身、今認めるに至ったばかりの真実を。つまり、僕が性急にジュリアとの結婚に踏みきったのは、単純に彼女を愛しているから、そして可能なかぎり彼女を僕にしっかり結びつけたかったからだ、ということを。

「私が妊娠したから結婚したわけじゃないって、お母さまに説明したとき、笑ってなんかいないで私を援護してくれるべきだったのに」紅茶をいれてくれたサイラスに、ジュリアは不満をぶつけた。

飛行場までサイラスの母親を見送りに行ってから、ヴィラに戻って一時間以上たっていた。ジュリアはどっと疲れを感じた。

「僕はショックだったんだ」

「あなたが？」

「きみにあれほど実際的な面があるとは気づかなかったから」

サイラスが何を指しているのか、ジュリアはすぐにぴんときた。

「じゃあ、あなたのお母さまに向かって、あなたが世界で最高のベッドパートナーだから結婚したんです、と言えばよかったの？」彼女は軽い調子で言い返した。

サイラスは胸に痛みをおぼえた。どうして、うれしさではなく苦痛で胸がうずくんだ？ どうして急に、ベッドをともにするだけでは充分でないと思えてきたんだ？ もっと深いところで、もっと深遠なかたちで彼女とつながっていたいという切望感にかられたのは、なぜだ？

「あなたのお母さまは、私の母やおじいさまに黙っていてくれるかしら？」

「ああ。だけど、どうしてきみが僕の母親に言ったのか、本当のところ理解できないよ」

「お母さまは、本当に私をニューヨークに連れて帰って、あなたの手から私を助けるつもりでいるんじゃないかと思ったのよ」

「きみはそうしてほしくなかったのか？」

もちろんよ！ 私はこの先ずっとあなたと一緒に過ごしたいもの。ほかの生き方をするなんて、考えるのも耐えられない。そうジュリアは思った。もちろん、口に出しては言えないけれど。

「それほどでもないわ」

「さて」サイラスがそそくさと立ちあがった。「僕はメールを送らないと……」

「エイミーに？」ジュリアはつい嫉妬《しっと》にかられて挑発した。

サイラスはたちまち顔をしかめた。「なんで彼女に送らなきゃいけないんだ？」

ジュリアが返事をしないのを見て、サイラスは息を吐きだし、歯ぎしりした。

「僕にはエイミー・デトロワにメールしたい気持ち

も、彼女をベッドに誘いたい気持ちも、さらさらない。たとえ彼女が地球最後の女性だとしても。さあ、かまわなければ、僕はひと息つきたいんだ」

退散しながら、サイラスは内心つぶやいた。ジュリアが僕に望んでいるのはセックスだけだとはっきりさせた以上、僕はセックスだけでは充分でないと言えるわけがない。

皮肉ななりゆきにサイラスは苦笑した。実際的な理由からジュリアと結婚したいという僕の願望ばかりが頭にあって、彼女が僕と結婚する動機について、まったく思いが及ばなかったとは。

12

「旅行代理店のほうは万事片づいたよ。どうやら、シーク・アル・ファイシルは僕たちにジュマイラ・ビーチ・クラブ内にある個人用の別荘《ヴィラ》を用意してくれているらしい」

ドバイ行きの手配はすべてサイラスがしてくれた。ジュリアは耳を傾け、彼の言葉に集中しようとしつつ、弱々しくうなずくのがやっとだった。今朝目が覚めたとき、ひどい吐き気に襲われたし、きのうも同じだった。それに今は、信じられないくらいの疲労感まで残っている。

「シークはドバイの有力な一家と親戚《しんせき》なの。彼のために準備している断食《ラマダン》明けのパーティには、その一家が参加されるはずよ。彼の企業関係者はもちろん」ジュリアは簡単に説明した。

「相当に大がかりなパーティになりそうだね」

「ええ、それはもう。招待客のリストには、競馬界やプロゴルフ界の有名人がたくさん含まれているわ。F1スターも大勢来るの。パーム・アイランドに土地を購入している有名人たちも。総勢千人は下らないでしょうね。うちにとっては、ものすごく重要な契約だわ」

「大した利益になるってことだな」

「そう願っているわ。ルーシーのために。この依頼はマーカスがまわしてくれたとか、ルーシーがそれとなく言っていたけど」

「ブレインは今どこにいるんだい？」

「知らないわ」ジュリアは顔をしかめた。「妙なのよ。ルーシーとはかなり定期的に連絡をとりあっているんだけど、彼女、ちっともニックのことを口にしないの」

「僕の情報源によれば、彼はロンドンにいないようだ。というか、いるにしても、少なくとも家には帰っていないらしい」

　ジュリアはニックの話などしたくなかった。それよりもっと大事なことが気になっていた。毎月のものが遅れているのだ。

「サイラス、私……ちょっと……」かすれた声でジュリアはきりだした。

　しかし腕時計に目をやったサイラスが、さし迫ったような叫び声をあげた。「しまった！　もうこんな時間か。今すぐ出ないと、ゴルフの開始時間に遅れてしまう」

　サイラスは身をかがめてジュリアにキスをし、それからヴィラの玄関に向かった。

　ジュリアは沈んだため息をもらした。私は妊娠したのかしら？　本当にそうならいいんだけど。街まで行って、家庭用妊娠判定テストのキットを買ってくるべきだ。興奮してサイラスに口走ってしまう前に。でも、まずは仕事を片づけてしまわないと。

サイラスが出かけて一時間あまりたったころ、ヴィラの玄関ドアをノックする音がした。たぶんメイドが、冷蔵庫のストックを補充する必要があるかどうか、確かめに来たのだろう。ジュリアは裸足《はだし》のまま玄関に向かい、ドアを開けた。

外にはプラチナブロンドの若い女性が立っていた。極端に痩《や》せた体つき。同じく極端に大きく、それなのに動きのない胸。一方の腕に重そうな毛皮のコートをかけ、ダイヤだらけのもう一方の手は、蛇革の小さなバッグをつかんでいる。

女性が誰か、ジュリアはすぐにぴんときた。

「私、サイラスに会いに来たの」エイミー・デトロワは唐突に言い、ジュリアを押しのけてヴィラのなかに入りこんだ。「彼はどこ？」

「彼は……彼は留守よ」ジュリアは言った。結局のところ、それは事実だ。

「あなたが、彼と婚約したとかいう親戚の女性ね？でも彼はあなたと結婚できないのよ。あなたじゃなくて、私と結婚しなければならないんだから。だって……」エイミーは次の言葉を口にする前に、効果を狙《ねら》ってしばし間をあけた。「私のおなかには彼の赤ちゃんがいるんですもの」

まるで足元の地面がぱっくりと口を開け、気分が悪くなるような暗闇《くらやみ》のなかに真っ逆さまに落ちていくようだった。気を失ってはだめ。ジュリアは必死で自分に言い聞かせた。

「それは本当なの？」ジュリアの耳に自分の声が聞こえてくる。「なんて興味深い話。で、それはたしかにサイラスの子供なのかしら？」

子犬のような茶色の目が険しくなり、冷たい小石のようになった。

「もちろんよ。でなければ、わざわざこんなところまで来るものですか。私はサイラスを愛しているのよ。彼も私を愛しているわ。彼は認めようとしないけど。彼は私が求めているすべてなの。彼もわかっているわ。私たちは一緒になるよう、運命づけられているんですもの」

そうなの？　エイミーがサイラスの子供を宿しているなんてありうるの？　彼女のおなかはぺちゃんこだし、体も細すぎる。ピンの頭より大きなものがおなかに入っているとは思えない。ましてや赤ちゃんだなんて。でも外見は当てにならない。私のおなかだって、まだぺちゃんこだもの。

ジュリアは生来、策を弄《ろう》したり人を欺いたりするところのない人間だった。それが、ショッキングなことに、落ち着き払って言っている自分の声が耳に届いた。「その、サイラスに会いたいのなら、ロンドンまで行かなければならないわ」

「ロンドン？　彼はここにいるって聞いたけど」

「ええ。でも、彼のお母さまがちょっと前に立ち寄って、お母さまの代わりにロンドンまで行ってある仕事を片づけてほしいと頼まれたの」

「いつ戻ってくるの？」

「来週末まで戻れそうもないと言っていたわ」

「来週？　私はあさって、ニューヨークでマニキュアをしてもらう予約を入れてしまったのよ。彼はロンドンのどこにいるの？」

「いつもはカールトン・タワーに滞在するわ」ジュリアは事実を言った。

「いい？　あなたはサイラスを自分のものにしておくことなんかできないんだから」エイミーが警告した。「彼は私のものよ。私、彼を手に入れてみせるわ。どんなことをしてでもね。で、タクシーにはどこで乗れるのかしら？」

「ホテルの前から乗れるわ」

「こんな格好であそこまで歩いて戻れというの？」細くて高いヒールのとかげ革の靴をエイミーは見せびらかしている。

「よかったら一緒に行ってあげましょうか？」ジュリアは、サイラスが戻ってくる前にエイミーを追い払えるなら、どんなことでもするつもりだった。

「じゃあ、私のコートを持ってちょうだい。これは特別にあつらえたのよ。毛の長い特別な猫を繁殖させている男性がいて……」

とにかく、一刻も早くエイミーを追い払いたい。ジュリアの頭にはそれしかなかった。そこで、近道をしてプールのわきを抜けていくことにした。プールはちょうど清掃前で、水が抜いてある。ジュリアは何よりもエイミーのハイヒールを頭に入れ、タイル張りのプールに近寄りすぎないよう、慎重に足を運んでいた。だが、強引に持たされたコートのずっしりとした重みに注意が奪われる。突如、彼女は誰かに押された。その衝撃に不意をつかれ、バランスを崩して叫び声がもれた。私は空っぽのプールに突き落とされようとしている。ジュリアは信じがたい思いでエイミーのほうに顔を向けた。こっちを見返している茶色の目にのぞく狂気を含んだ暴力的な影に、ジュリアは全身が冷たくなった。

彼女は私に怪我《けが》を負わせようというつもり？

二人が気づかないうちに、プールの清掃をすませようと三人の作業員が来ていた。プールに落ちかけた女性を、もうひとりの女性が助けようとしている。作業員たちの目にはそう映った。もちろん彼らは即座に駆けつけ、プールサイドからいちばん深いところに落ちる寸前のジュリアの腕をつかんだ。

ジュリアは、サイラスがヴィラに戻るまで待っていなかった。ゴルフ場に向かい、彼がゴルフコースから引きあげてくるのを待った。

「どうした？　何かあったのかい？」ジュリアの顔に気がかりそうな表情が浮かんでいるのを見るなり、サイラスは尋ねた。

「エイミー・デトロワがあなたに会いに来たわ」

「なんだって？」

サイラスのショックはジュリアにも伝わった。

「彼女を愛してるの、サイラス？」

ジュリアはあることを告げる前に、知っておかなければならなかった。サイラスがその言葉を言ってくれるのを聞いておく必要があった。彼の答えはもうわかっているにしても。少なくとも、サイラスがジュリアの思っているような男性ならこう答えるだろう、ということは。

「なんだって？」サイラスが再度尋ねた。

「彼女を愛しているかどうか、きいたのよ」

「いいや、愛していない」サイラスは厳しい口調で答えた。

「でも、エイミーはあなたを愛してると言っているわ、サイラス。それに彼女が言うには――」

サイラスが声に出して悪態をついた。そんな彼を見たのは、ジュリアにとって初めてだった。

「ここでそういう話をちゃんとできるわけがないだろう。とにかくヴィラに戻ろう。エイミーはもういないんだろう？」

「ええ。あなたはロンドンへ行ったと言っておいたから」

「そいつはありがたい、ジュリア。彼女がきみに何を言ったか知らないが、とにかく請けあうよ、僕にとって彼女はなんでもない」

「私はあなたを信じているわ。でも彼女は、あなたたちは一緒になるように運命づけられていると思いこんでいるみたい」

「彼女は妄想にとりつかれているんだ。いつだったか、ニューヨークで、彼女が僕にストーカー行為を働いているような気がしたことがあった」

「エイミーに言わせれば、彼女はそれ以上のことをしているようよ」ジュリアはヴィラの鍵《かぎ》をあけながら、軽い調子で言った。

「どんなことを？」

ジュリアはサイラスを振り返った。「彼女に言われたの。私はあなたをあきらめて彼女に譲るべきだって。なぜなら、彼女はあなたの子供を身ごもっているからって」

ジュリアは、そんなことありえないとサイラスが言ってくれるのを待った。だが彼は黙っている。彼女のなかで、あたかも体が二つに引き裂かれるような感覚があった。

「彼女は頭がおかしいんだ」

「でも、彼女があなたの子供を宿している可能性はあるってこと？」

二人はヴィラのなかに入り、サイラスがドアの鍵をかけた。

「ああ」彼は慎重に答えた。「可能性はある」

威厳をそこなわない反応の仕方ならいくらでもあるが、どういうわけか、ジュリアは大げさなくらい明るく言った。「なんて面白いの！　だって、たまたま私も妊娠したかもしれないと思っているんですもの。私たち、どっちが先に出産するかしら？　たぶん彼女のほうね」

そしてジュリアはわっと泣きだした。

「いくらか気分がよくなったかい？」

ジュリアはうなずいた。彼女はベッドに寝かされていた。サイラスが傍らに座っている。

「でもお願い、もう一度最初からちゃんと説明してくれる、サイラス？」

サイラスはため息をついた。「いいよ。エイミーは妄想にとりつかれているんだ。何年か前に、彼女は僕に恋していると思いこんでしまった。そして僕の行く先々に現れるようになった。僕の友達に電話をかけるし、僕が出席するパーティにも押しかけてくる。僕のアパートメントの部屋に忍びこむために、ドアマンを買収しようとしたことさえあるんだ。幸い、ドアマンは拒否したけどね。それに手紙や写真を送ってきて――」

「ビデオもね」ジュリアが口をはさんだ。

「いつだったか、基金調達のパーティに参加していたとき、エイミーが現れた。僕は大学時代の友人のハルとしゃべっていたんだが、彼女は僕たちのところへやってきて合流した。ハルはイェール大学にいたころの話を始め、医者になった男から、僕たちがどんなふうにして精子を提供するよう説き伏せられたか、という話題に及んだ。その男は精子バンクを設立したんだ。子供を産めない女性のために、良家の出身で頭がよくて健康な男性の精子を提供するという名目で」

サイラスは首を振った。

「そんなことを信用してしまったとは、今では考えられないけど。たぶん理想に走る年ごろだったんだろう。それはともかく、ハルは続けて、その医者がどんなふうに精子バンクを拡大し、メディアの著名人にまでなったか話していた。それに、当時僕たちに言っていたのと違って、精子を無償で提供するどころか、数千ドルで取り引きしたということも。エイミーも会話に加わり、その医者のことを根ほり葉ほりききはじめた。彼女の頭のなかでどんなことを思い描いていたのか、推測すべきだったんだろうな」

「彼女がその医者からあなたの精子を手に入れたかもしれないと思っているの？」

「彼女が誰かしらの精子を手に入れて、それを僕のものだと信じこもうとしているのかもしれない。僕たちは匿名性を保証されたから。でもたしかに、わずかだけど、彼女が僕の子供を宿している可能性はある。ジュリア、頼む、泣かないでくれ……」

「私、かわいそうな赤ちゃんのことを考えずにいられなくて。サイラス、ちゃんと無事に生まれるようにしてあげなければ。あなたが私と別れて彼女と結婚することはないとわかったら、彼女はもう子供を産みたくないと思うかもしれないわ」

「僕の子供とはかぎらないんだよ」

「あるいは、あなたの子供かもしれないのよ。もしそうだったら、できるかぎりのことをしてあげなければ」

「まずはＤＮＡテストをしてからだ」

「それはいい考えだと思えないわ」ジュリアは抗議した。

「どうして？」

「サイラス、彼女が赤ちゃんを産もうとしているのは、あなたの子供だと思っているからよ。そうじゃないとわかったら、子供を拒否するかもしれないわ。そうなったら、その子には誰もいなくなってしまうのよ。そんなの残酷すぎるわ」

「いまいましい精子を提供するとは、僕も最低な愚か者だと思っているんだろうね」

「とんでもない。それどころか、かえってあなたに感心しているくらいよ。こんなことができるなんて、とても人間的だし、思いやりがあるのね。自分たちの力では子供を作ることのできない人に子供を授けてあげようと考えるのは、意義深い、とても特別なことだと思うわ」

「ああ、ジュリア、やめてくれないか。無理しなくても、このとおり、僕はとてつもなくきみを愛しているんだから」

ジュリアはじっとサイラスを見つめた。口元が自然にほころんでくる。

「もう一度言ってくれる？」

サイラスの顔がじわじわと赤く染まった。「どうして？」

ジュリアは指で神経質そうにベッドカバーの端にひだをつけはじめた。

「その、ひとつには、あなたが私を愛しているって本当に言ったかどうか、確認したいの。私もあなたを愛してるって言う前に。それに……」

ジュリアはサイラスにほほ笑みかけた。例の愛らしく、輝くような、ジュリアならではの微笑だ。サイラスにはまるで陽光が心に染みこむ感じだった。

「あなたは本当に、何年も前から、私と結婚するとお母さまに公言していたの？」

「そうだよ。でも結婚したかった本当の理由は、ずっとあとになるまで気づかなかった」

「いつのこと？」

「ブレインがきみにドラッグをのませたあと、もう一度きみの笑顔を見るのが僕にとって何より大事だと気づいたときだ。僕の人生で何よりきみの幸せが重要だとわかったとき。そのとき初めて、これは実際的な気持ちではなく、愛だとわかったんだ」

「でも、あなたがお母さまに言ったのは……」

「きみは僕にとって申し分のない妻になると言ったんだ。そうとも、きみは申し分のない妻だ。僕がきみを愛していることは母に言えなかった。きみにさえまだ言ってなかったんだから」

「お母さまが帰ったあと、あなたはとてもよそよそしくて、かりかりしていたから、私はもうあなたから求められていないんじゃないかと思ってしまったわ」

「僕はきみに触れるのがひどく怖かったんだ。自分を抑えきれないんじゃないか、僕がどう感じているか、きみに告白してしまうんじゃないかと思って。それに、僕がきみと結婚する実際的な理由に、きみも同意していると言われては、どうすることもできなかった」

ジュリアは手を伸ばして彼の顔に触れた。

「私、あなたをとっても愛しているのよ」

「そのことを実際に証明させてもらえるチャンスはあるのかな？」サイラスが静かに尋ねる。

ジュリアはうっとりと幸せのため息をつき、誘うように両腕を伸ばした。

「チャンスなんてないわ」サイラスがキスの雨を降らせ、愛の言葉をささやきながらわが物顔に彼女を求めてくる合間を縫って、ジュリアはなんとかつぶやいた。「あるのは百パーセントの確率だけ」

エピローグ

「まあ、サイラス、見て。雪よ！」

アンバリーの〝冬の客間〟で、ジュリアはベルベットのカバーで覆ったソファに気持ちよさそうにくつろいでいた。六カ月の息子、将来のアンバリーとその歴史の跡取りは、彼女の横に置いた携帯用ベビーベッドでぐっすり眠っている。

正式名ヘンリー・ペリグリン・ジャーヴァス・カーター、家族のあいだではハリー坊やと呼ばれている、ジュリアとサイラスの息子の洗礼式は、二人があらためて愛を誓ったアンバリーの教会で行うべきだ、とサイラスが主張し、ジュリアももちろん賛成した。

曾孫《ひまご》の誕生は老伯爵の寿命も更新させてくれたようだった。ハリー誕生の年に仕入れた特別なワインは、ぜひとも長生きして、曾孫が成人式を迎えたときに飲むのだと言い張っている。

「雪が降るなんて早いな。ああ、こんなのは雪とは言えないんじゃないか？」窓から外を見ながらサイラスは妻をからかった。そして窓辺を離れ、妻の傍らに腰を下ろした。「ルーシーはここまでどうやって来るのかな？　もし列車で来るなら、駅まで車で迎えに行くよ」

「今朝早く彼女に電話したら、車で来るって言っていたわ。彼女がハリーの名付け親を引き受けてくれて、本当によかった。去年は彼女にとって、それは大変だったんですもの。ニックの浮気が発覚して、離婚を要求したと思ったら、次には、仕事上のことで、あれだけの問題に立ち向かわなければならなかったんですものね」

「僕個人の意見では、ニックがいないほうが彼女ははるかに幸せになれるさ。ただ、やつが残していった会計上のでたらめな仕事の後始末をするのは、大変だけど」

「彼女、あなたの援助の申し出を快く受けてくれればよかったのに。彼女がひとり苦労しなきゃならないなんて、考えたくないわ」

「彼女にもプライドがあるさ。僕たちはそれに敬意を払わなければね。でも、マーカス・キャニングと話して、彼女が助けを必要としているときはいつでも電話してくれと言っておいたよ。ところで、これは？」サイラスはふいに尋ねた。その目は、ジュリアのそばの床に置いてある『Aリスト・ライフ』誌を見つめている。

「今朝、街に行ったついでに買ったの。まだ読んでいないけど」

ジュリアは雑誌を拾い、ぱらぱらとめくった。そしてあるページに目がとまった。

「サイラス、ここを見て！」

「なんだい？」

「これ！」ジュリアはそのページを夫に見せ、声に出して記事を読んだ。「〝ニューヨークの大金持ちの跡取り娘、婚約を発表。億万長者のエイミー・デトロワ嬢は、彼女の個人的な占星術師、イーサン・ラズロ氏と結婚することを発表した。社交界の占星家、ラズロ氏は、ラスプーチンの末裔《まつえい》と称し、同じような髪型を誇示している。二人は十二夜の日に結婚する予定。ラズロ氏によれば、二人はその日に結婚するよう運命づけられているという〟」

「まあ、お互いに運がよければいいが。きっと運が必要になるだろうから。もっとも、彼が未来を占うのが得意だと言うなら、彼らの未来に何が待っているか、とっくにわかっているはずだ」

「それはひどいわ」ジュリアはたしなめたが、強くは言わなかった。エイミーのしたことに夫がいまだに腹を立てているのは知っている。

あれから、サイラスの弁護団は、精子バンクの経営者である例の医師と連絡をとった。医師は、これまでドナーたちを匿名にする条件を曲げたことも破ったこともない、と主張した。そしてエイミーが接触してきて、サイラスの精子を提供してほしいと持ちかけられたが、そんなことは不可能だと彼女にはっきり言った、と医師は請けあった。

医師はサイラスに宛《あ》てた私信のなかでも、彼が精子を提供したときから十五年以上たった今、技術も格段の進歩を遂げており、提供後三年以上たった精子は処分することにしたと書いていた。したがって、エイミーを援助したいと思ったにしても、それはできない相談だったと。

サイラスの子供を妊娠しているとジュリアに告げてから四カ月後、エイミーは自分の弁護士を通じて、妊娠は勘違いだったと伝えてきた。

「彼女が流産したと言い張らず、妊娠は嘘《うそ》だったと認めたのは驚いたな」サイラスが言った。「僕の弁護団に言わせれば、もし流産したと彼女が言い張れば、僕たちのほうからカルテを見せるように求めてくるだろうと、彼女の弁護士が忠告したんじゃないかということだった」

ハリー坊やが目を覚まし、うれしそうに喉を鳴らした。サイラスはすばやく手を伸ばしてベビーベッドから息子を抱きあげ、慣れた手つきで腕のなかに抱いた。わが子を溺愛《できあい》している男のプライドと愛情を隠そうともしない夫に、ジュリアは思わずほほ笑み、そして父親と息子が意思の疎通を図っている姿を見守った。

エイミーが嘘をついたせいで二人が味わった思いが、二人の結束をいっそう強めてくれた。ジュリアがうれしかったのは、サイラスが妻に対して隠しごとをせず、あったことは何もかも話してくれる点だった。そればかりか、彼はいつでもジュリアの意見に耳を傾け、それを理事会に計ってくれる。二人で結論を出したことはすべて、共同の決定事項になるように。

「ニューヨークに戻ったら、資金調達パーティのための最終的な手はずを整えなければならないわ」ジュリアは夫に思い起こさせた。「成功してくれるといいんだけど」

ニューヨーク社交界の女性たちは、集める金額の多さと、特権階級にかぎられているという両面で、主催するチャリティパーティのすばらしさに関して絶大なる評判を誇っている。サイラスの同輩の妻たちから、ジュリアは表面的には歓迎され、受け入れられているが、今度初めて個人的に計画した募金集めのチャリティパーティが成功するか否かが、通過しなければならない本当のテストなのだとわかっていた。

彼女はこの六週間、例のマハラジャの宝石類を身につけ、貴重なブレスレットを握った幼いハリーを膝に抱いたポーズで、サイラスが依頼した肖像画家の前に座って時間を過ごしてきた。

肖像画は、ジュリアが主催するチャリティパーティの夜、宝石と一緒におひろめする予定だった。私のイベントが群を抜いたものになることを保証しているのは、この宝石だけ。ジュリアはそう感じていた。

ジュリアが選んだチャリティは、孤児やホームレスの子供たちのためのものだった。自分の肖像画や、みごとに撮られた宝石類の写真の横には、彼女が慎重に選んだ、もっとも悲惨な環境で生活している子供たちの痛ましい写真も陳列されることになっている。衝撃的とも言えるくらい高価な宝石類の写真と並んだ、同じくらい衝撃的な貧しさの写真。ジュリアの目的は、一千万ドルの価値のある宝石類に匹敵する金額を、このチャリティパーティで集めることだった。なぜなら、子供の命以上に価値のあるものなどないのだから。

「ありがとう」サイラスがつぶやき、ジュリアにキスしようと身をかがめた。

「なんのお礼？」

「すべてに対してだよ。僕は間違っていなかった。きみはあらゆる面で完璧《かんぺき》だ。申し分のない妻だよ。ああ、言葉で表せないくらい愛している」

ハーレクイン®

ハーレクイン・ロマンス　2006年12月刊（R-2154）

伯爵夫人の条件

2024年9月5日発行

著　　者　ペニー・ジョーダン

訳　　者　井上京子（いのうえ　きょうこ）

発 行 人　鈴木幸辰

発 行 所　株式会社ハーパーコリンズ・ジャパン
東京都千代田区大手町 1-5-1
電話 04-2951-2000(注文)
0570-008091(読者サービス係)

印刷・製本　大日本印刷株式会社
東京都新宿区市谷加賀町 1-1-1

装 丁 者　高岡直子

表紙写真　© Yurok, Tomert, Olgagillmeister, Chernetskaya, Hxdbzxy | Dreamstime.com

ISBN978-4-596-77727-0 C0297

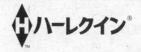